Prolog

Die Stelle war doch mit einem Stein markiert! Warum kann ich sie nicht finden? Das Denken fällt mir schwer. Aber Moment! Da ist es. Da ist der Stein. Unter dem Ast. Der muss wohl neulich erst draufgefallen sein, beim letzten Sturm. Wow, der ist schwerer als gedacht – und dann hängt er auch noch in dem umgefallenen Baumstamm fest. So, jetzt aber. Der ist weg.

Also, mal sehen. Ich verwende besser einen Stock. Man kann nie so genau wissen, wie weit sie schon sind. Es kommt auf die Temperatur und die Luftfeuchtigkeit an.

Ja, der Stock hier ist gut. Damit lässt sich der Waldboden gut aufkratzen. Wie sieht es aus? Was machen meine Kleinen? Sind sie schon sauber? Die hier sieht schön aus. Schöner Schädel. Fast sauber. So, noch ein wenig vom Schleim weggekratzt. Sehr schön. Gut verwendbar.

Den Rest lass ich noch drin. Heute hab' ich keine Lust, den ganzen Kadaver zu putzen. Und die Federn sind sowieso nur richtig schön, wenn man sie vor dem Vergraben ausreißt. Das hab' ich bei der hier wohl vergessen. Na dann wird es eben nur dieser eine Schädel.

Alles schön zumachen. Gut. Den Stein richtig platzieren. Geschafft.

Es sind insgesamt fünf Schädel. Ein Vorrat ist wichtig.

Jetzt muss ich aber wieder zurück. Die Götter lassen nicht auf sich warten.

Schlinser Wald

Der Bahnhof Schlins-Beschling bestand nur aus einem Bahnsteig pro Fahrtrichtung. Natürlich kannte Gertraud Keller diesen Bahnhof. Sie hatte schließlich ihr ganzes Leben in Feldkirch verbracht und die Zugfahrt nach Schlins dauerte nur zehn Minuten. Aber bisher war sie hier nie ausgestiegen. Warum eigentlich? Sie wusste keine Antwort.

Jedenfalls war sie jetzt mit August Engel zusammen. Sie hätte nicht gedacht, dass sie sich in ihrem Alter noch einmal verlieben würde und hatte schon vollkommen vergessen, wie sich das anfühlt. August war ein stattlicher Mann. Seine schneeweißen, noch sehr fülligen Haare fand Gertraud besonders anziehend. August, oder Gustl, wie ihn seine Freunde nannten, stammte aus Schlins und schlüpfte in die Rolle des Fremdenführers: „Gleich hinter dem Bahnhof gehen wir über die Ill. Die Brücke wird von den Schlinsern *Katzabuckl*[1] genannt, da sie früher wesentlich steiler gewesen und gelegentlich zum *Schänzla*[2] verwendet worden ist, mit dem Auto wohlgemerkt, was manche in den frühen Morgenstunden gern als Mutprobe gemacht haben."

Sie nahm Augusts Hand, die sich warm anfühlte und ein Kribbeln in ihrem ganzen Arm auslöste. Hand in Hand überquerten sie die Walgaustraße und standen vor der Annakapelle, in der es Fresken aus dem 15. Jahrhundert sowie einen Flügelaltar aus dem Jahre 1516 zu bewundern gab.

---

1) Katzenbuckel
2) über eine Schanze springen

Gertraud musste über Gustls Eifer schmunzeln, als er alle möglichen Details zur Restaurierung der Kapelle zum Besten gab. Sie fühlte sich von so viel Aufmerksamkeit gerührt und überlegte, ob ihr etwas schütter gewordenes Haar neben Augusts vollem weißem Schopf vielleicht peinlich aussehen könnte.

Sie spazierten die Jagdbergstraße hinauf, die sich an den Burghügel schmiegte. Der Name bereitete Gertraud Unbehagen, sie erinnerte sich an das berühmt-berüchtigte Jagdberginternat. Eltern hatten ihren Kindern in ganz Vorarlberg jahrzehntelang gedroht: „*Wenn'd net g'hörig tuasch', denn tua'r i di uf'n Jagdberg. Denn woascht amol, wia fein dass d'es dahoam hascht!*"[3]

Gertraud erwähnte, dass sie soeben an die elterlichen Drohungen dachte. August zeigte ihr die zwei Gebäudekomplexe, die sich jetzt auf diesem Hügel befanden, die PAEDAKOOP Privatschule und die Stiftung Jupident. Erstere beherbergte junge Menschen mit Verhaltensauffälligkeiten, während sich zweitere um Kinder und Jugendliche mit Beeinträchtigungen kümmerte. Im Gegensatz zur alten Erziehungsanstalt genossen die beiden Institutionen einen guten Ruf.

Gustl führte sie den kurzen Kiesweg zur Burg hinauf und als er ihr erklärte, sie solle sich ein hölzernes Walmdach über den Mauern des Wohnbereichs vorstellen, sowie einen hölzernen Wehrgang an der Südecke des Palas, da huschte ein Schatten über sie hinweg. Eine Krähe hatte sie eingeholt und landete mit Gekrächze auf der oberen Mauerkante der Ruine.

Ein warmer Windstoß strich um Gertrauds Gesicht: „Es ist November! Viel zu warm – unnatürlich – unheilvoll." Den

---

3) „Wenn du dich nicht ordentlich benimmst, werde ich dich auf den Jagdberg bringen. Dann weißt du endlich, wie gut es dir zu Hause geht!"

Gedanken, dass die Krähe für das Aufkommen des untypischen warmen Lüftchens verantwortlich sein könnte, verwarf sie wieder. Sollte sie Gustl sagen, dass sie sich alles andere als wohl fühlte? War nur sie es, die diesen Ort unheimlich fand?

Sein Gesicht verriet nicht viel. Starr blickte er auf die Ecke der Burgmauer, wo der östliche und der nördliche Wehrgang aufeinandertrafen. Der Wald schloss direkt an die Burg an und nur ein schmaler Fußpfad fand zwischen den Mauern und dem dahinter steil abfallenden Hang Platz. Das Krächzen der Krähe lenkte Gertrauds Blick auf die nordöstliche Ecke der Ruine, über die der schwarze Vogel nun flog.

Da bemerkte Gertraud eine dunkle Gestalt, die hinter der Burgmauer hervorlugte. Nur für einen Augenblick sah sie einen Menschen mit langen braunen Haaren, der ganz in Schwarz gekleidet war und eine Kapuze so tief ins Gesicht gezogen hatte, dass man nur einen blutroten Mund erkennen konnte.

„Hast du das gesehen?", wollte sie wissen. Als sie keine Antwort erhielt, blickte sie ihrem Begleiter ins Gesicht und erschrak. „Was ist mit dir, Gustl?" Er starrte auf die Stelle, wo die Gestalt erschienen war. Seine Gesichtsfarbe hatte sich der seiner Haare angeglichen.

„Was ist?", fragte sie leise. „Kennst du die Person, die dort gestanden hat?"

„Die kinderfressende Hexe."

„Was?"

„Ach nichts."

August hatte sich wieder gefangen und wandte seinen Blick von der Burg ab. Ein Lächeln in Gertrauds Richtung und ein flüchtiger Kuss, damit schien die Sache erledigt zu sein.

Was hat er gemeint? Als sie vorschlagen wollte, den geplanten Spaziergang durch den Schlinser Wald auf ein andermal zu verschieben und stattdessen wieder ins Dorf hinunter zu spazieren, hörte sie Rufe. Zwei Frauen in Gertrauds Alter kamen lächelnd und winkend auf sie zu.

„Das sind zwei meiner Cousinen", erklärte August. „Ich habe ihnen gesagt, dass wir heute hier sein würden."

„Hallo, ich bin Margot und das ist meine Schwester Hildegard", stellte sich die eine Frau mit warmem Lächeln vor und schüttelte Gertrauds Hand.

„*Mei, mir hon da Guschtl scho so lang numma g'seacha. Jetzt hommr denkt, jetz mümmr umbedingt sine Traudl kennalerna, vo derra er üs vzrellt heat*"[4], sagte Hildegard und reichte Gertraud ebenfalls die Hand.

„Na ja", meinte August grinsend, „ihr meintet, dass ihr eventuell kommen würdet, wenn es euer voller Terminkalender erlaubt."

„So wie es sich für richtige Pensionistinnen eben gehört", scherzte Margot und wandte sich an Gertraud: „Wir freuen uns sehr, dich kennenzulernen. *Dürfa mr scho du sega*?[5]"

Gertraud erwiderte: „*Jo, gern. Z' Vorarlberg seht eh jedr du.*"[6]

„So", fragte Hildegard, „sollen wir noch über *s'Totagässele*[7] und dann ins Wintertal spazieren, bevor wir zu uns nach Hause gehen, wo Kaffee und Kuchen warten?"

Anstatt einer Antwort nickte August mit schmal zusammengepressten Lippen.

„Stimmt etwas nicht?", fragte Margot, da eine kleine, aber deutliche Pause entstanden war. Gertraud erwähnte, dass sie

---

4) „Wir haben Gustl schon so lange nicht mehr gesehen! Da wollten wir unbedingt seine Traudl kennenlernen, von der er uns erzählt hat."

5) Ist es recht, wenn wir uns duzen?

6) Ja, gerne. In Vorarlberg duzt man sich in der Regel ohnehin.

7) das Totengässlein

eine etwas zwielichtige Gestalt hinter der Ruine beobachtet hatten.

„Vielleicht war es ein Jugendlicher aus einer der beiden Anstalten, der keinen Ausgang hatte und deshalb schnell wieder verschwunden ist, als wir ihn bemerkt haben", versuchte Gertraud eine Erklärung. Die drei Schlinser tauschten Blicke aus. Hildegard klang nicht sehr überzeugend, als sie meinte: „Ja, das wird wohl so gewesen sein."

„Chefinspektor Heinrich Finster, Bezirkskriminalamt Feldkirch", meldete sich der Polizist am Telefon.

„Heinrich!" Die weibliche Stimme am anderen Ende der Leitung war in höchstem Maße erregt. „Heinrich, du muss sofort herkommen!"

Wer war das? Der Inspektor schien die Stimme zu kennen, aber in diesem hochemotionalen Zustand war sie so schrill und verzerrt, dass er sie keiner Person zuordnen konnte.

„Ganz ruhig, alles schön der Reihe nach."

„Natürlich, entschuldige, Heinrich. Ich bin nur so aufgebracht."

Es war Gertraud Keller, die Mutter von Martha Keller, Finsters neuer Lebenspartnerin. Bilder von Katzen, die er für seine Schwiegermutter aus einem Baum retten oder Nachbarn, die er zurechtweisen sollte, da sie die Musik zu laut aufgedreht hatten, drängten sich ihm auf.

„Wo bist du, Gertraud?"

„In Schlins. Es ist etwas Schreckliches passiert. Wir sind hier im Schlinser Eckwald und eine Frau ist tot."

„Kennst du die Frau?"

„Es ist August Engels Cousine, Hildegard Engel. Wir sind zu viert im Wald spazieren gegangen, und dann hat sie sich entschuldigt, sie habe eine Blasenentzündung und müsse deswegen so oft *ge bisla go*[8]. Sie ist in die Büsche verschwunden und als sie nicht zurückgekommen ist, haben wir sie gesucht. Sie liegt regungslos auf dem Waldboden und hat eine blutende Wunde am Kopf!“

Abteilungsinspektorin Fleur Günther parkte hinter dem Notarztwagen, der vor einem Streifenwagen am Ende des befahrbaren Waldwegs stand. „Ich hole die Kamera aus dem Kofferraum.“

Die große, kräftige Polizeibeamtin schloss wortlos die Autotür und als Finster die Kamera geholt hatte, gingen sie um den Streifenwagen herum zum offenstehenden Heck des Notarztwagens. Drinnen saß ein älteres Paar.

„Heinrich!“ rief die Seniorin erleichtert und stieg aus dem Wagen.

„Traudl!“

„Gut, dass ihr da seid, Margot ist in einem erbärmlichen Zustand“, erklärte sie im Flüsterton und wies auf die Frau, die auf der Bahre im Rettungswagen lag. „Der Arzt hat ihr ein Beruhigungsmittel gegeben.“

Finster tauschte mit August Engel einen genickten Gruß aus und deutete Gertraud mit einer Kopfbewegung an, sich mit

8) pieseln, Wasser lassen

ihm und seiner Kollegin außer Hörweite zu begeben. Zu dritt gingen sie den schmalen Pfad ein kleines Stück hinunter.

„Ich kann es immer noch nicht glauben", begann Gertraud. „Hildegard war gerade eben noch quicklebendig und verkündete mit einer bemerkenswerten Selbstverständlichkeit, dass sie sich in die Büsche verziehen werde. Doch dann kam sie nicht, reagierte nicht auf Zurufe und war nirgends zu sehen. Ich hätte Margot zurückhalten und selbst nachsehen sollen. Ich hätte es schon verkraftet, sie zu finden. Aber seine eigene Schwester so finden zu müssen …", Gertraud blickte den Pfad hinunter.

„Hat die Schwester irgendetwas gesehen?", fragte Finster.

„Ich weiß nicht. Plötzlich hat sie Hildegards Namen auf eine Art und Weise geschrien, dass mir ein kalter Schauer über den Rücken gelaufen ist. Als Gustl und ich bei ihr angekommen sind, ist Margot bereits völlig durcheinander gewesen. Sie hat an einem Baum gelehnt und ihre am Boden liegende Schwester angestarrt. Hildegard ist auf dem Bauch gelegen und hat sich nicht bewegt. Am Kopf hat eine blutende Wunde geklafft. Gustl ist an sie herangetreten, hat sie angesprochen, sie ein wenig angestupst. Keine Reaktion. Margot ist hysterisch geworden und wir mussten sie wegbringen. Während ich sie zu einer Bank auf dem Spielplatz geführt habe, hat Gustl den Notruf gewählt. Gleich darauf habe ich dich angerufen."

„Wie weit ist es bis zum Fundort?", wollte Fleur Günther wissen.

„In etwa 100 Metern kommt ihr an die Lichtung, auf der sich der Waldspielplatz befindet. Mitten durch die Lichtung fließt ein Bach. Über den müsst ihr drübersteigen, dann führt der Pfad eine Böschung hinauf durch den Wald. Es sind wieder nur etwa 100 Meter bis zu einem breiten, mit dem Auto befahrbaren Waldweg. Und dort, rechts vom Pfad, auf dem Waldboden hinter etwas Dickicht, liegt sie."

„Wir kümmern uns jetzt um alles, Traudl", sagte Finster und hoffte, sie beruhigen zu können. „Wenn die Kollegen von der Spurensicherung ankommen, dann schick sie einfach zu uns. Und du bleibst inzwischen bei Gustl und seiner Cousine."

Nachdem Gertraud mit Sorgenfalten auf der Stirn abgezogen war, setzten die beiden Polizisten ihren Weg fort. Beim Überqueren des Spielplatzes sahen sie die weiß und rot leuchtende Arbeitskleidung des Notarztes durch die Bäume schimmern. Sie begrüßten den Arzt sowie die zwei Sanitäter, doch es kam keine Antwort.

Stumm standen die drei Männer um die Tote. Hinter der Toten blickte ein junger Sanitäter angestrengt auf den dicken Schlüsselbund, den er zwischen seinen Fingern hin- und herschob. Am Kopfende des Leichnams stand der Arzt. Mit zusammengepressten Lippen schaute er Finster direkt in die Augen. Noch einmal huschte der Blick des Chefinspektors von einem zum anderen. Und da sah er es.

Trotz jahrzehntelanger Erfahrung und all der Leichen, die er im Laufe seiner Karriere gesehen hatte, stellten sich ihm die Nackenhaare auf. Nach ein paar Schrecksekunden griff er hastig nach seinem Handy und wählte Gertraud Kellers Nummer. Sie meldete sich sofort.

„Heinrich, ich bin im Krankenwagen bei Gustl und Margot. Sie schläft jetzt. Es ist alles in Ordnung bei uns. Du musst dir keine Sorgen machen."

„Traudl", Finster gab sich Mühe, besonnen zu sprechen, „als ihr Hildegard gefunden habt, ist euch da irgendetwas Besonderes aufgefallen?"

„Was meinst du?"

„Wie hat sie ausgesehen?"

„Das habe ich dir doch schon gesagt." Sie klang verwirrt.

„Hildegard ist regungslos auf dem Bauch gelegen und am Kopf war eine blutige Wunde. Dann hat Gustl sie angestupst, aber sie hat nicht reagiert."

Finster schwieg.

„Heinrich?"

„Und das war alles?", hakte er nach.

„Ja", versicherte Gertraud. „Haben wir irgendwelche Spuren zerstört, ohne es zu wollen?"

„Nein, Traudl. Ihr habt alles richtig gemacht", versicherte Finster und beendete das Gespräch. Er sah seine Kollegin, die das Telefonat mitgehört hatte, an. Die Abteilungsinspektorin nickte und wählte eine Nummer: „Wir brauchen den Hubschrauber mit der Wärmebildkamera über dem Schlinser Eckwald und dem Gebiet der Jagdbergruine." Die Stimme im Telefon murmelte etwas Bestätigendes und fragte, nach wem man suche, beziehungsweise worum es sich handle.

„Flüchtiger Tatverdächtiger, sehr gefährlich, möglicherweise psychisch abnorm."

Finster hatte in der Zwischenzeit die Kamera ausgepackt und machte ein erstes Foto vom Tatort. Er war froh, dass den Angehörigen und Gertraud dieser Anblick erspart blieb. Die tote Frau lag jetzt auf dem Rücken. Jemand musste sie also nach dem Fund durch ihre drei Begleiter bewegt haben. Und nicht nur das. Der schwarze Schnabel eines etwa zehn bis fünfzehn Zentimeter langen Vogelschädels war gewaltsam in das rechte Auge der Toten gedrückt worden und ein etwas kleinerer Vogelschädel steckte im linken Auge. Vier dünne Vogelbeine waren in die Mundöffnung geschoben worden, wobei die bekrallten Füße in regelmäßigen Abständen angeordnet waren.

„Uns braucht ihr wohl nicht mehr", murmelte der Notarzt.

„Danke. Wir bleiben hier und warten auf die Spurensicherung.

Habt ihr irgendetwas Besonderes bemerkt?"

„Ist das nicht schon besonders genug?", stellte der Sanitäter, der immer noch mit seinem Schlüsselbund spielte, mit einer Mischung aus Sarkasmus und Abscheu fest.

„Na ja", meinte der Notarzt zögerlich, „ich weiß nicht, ob es etwas Besonderes ist, oder ob es überhaupt irgendwie wichtig ist, aber als wir uns über den Pfad dem Fundort genähert haben, noch bevor wir die Leiche gesehen haben, da ist ein Krähenschwarm weiter oben am Hügel laut krächzend aus den Bäumen hochgeschreckt, als hätte irgendetwas sie aufgescheucht."

„Zum Beispiel der flüchtende Mörder?"

„Gut möglich", erwiderte der Arzt. „Die Krähen sind dort drüben aus dem Wald hochgeflogen." Er zeigte in südöstliche Richtung. Woraufhin die Abteilungsinspektorin erneut den Kollegen, mit dem sie soeben telefoniert hatte, anrief und ihm sagte, wo der Hubschrauber mit der Suche nach dem Täter beginnen sollte. Währenddessen verließen der Arzt und die Sanitäter so vorsichtig wie möglich den Tatort, um nicht noch mehr Spuren zu vernichten.

„Moment!", rief Finster den dreien hinterher. Der Arzt drehte sich um.

„Wo sind die uniformierten Kollegen aus Satteins?"

„Zwei Polizisten der Polizeiinspektion Satteins sind hier gewesen, ein Mann und eine Frau. Sie sind nur wenige Minuten nach uns angekommen. Als sie die entstellte Leiche gesehen haben, musste sich der Mann fast übergeben. Die Frau hat dann gesagt, dass sie zuerst die Meth-Plätze abgehen würden. Sie meinte, vielleicht habe dieser gewaltsame Tod etwas mit einer Drogenlieferung zu tun. Sie hat uns gebeten, am Tatort zu bleiben, bis die Kriminalpolizei kommt. Ihr habt sie nur um Minuten verpasst."

Fleur Günther rief bei der Polizeiinspektion Satteins an, um die Telefonnummern der beiden Beamten, die momentan durch den Schlinser Eckwald streiften, zu erfragen. Langsam umschritt der Chefinspektor das Mordopfer, um von verschiedenen Blickwinkeln Fotos zu machen. Da die Verstümmelung der Augen post mortem vollzogen worden war, bluteten die Wunden nicht. Als Finster am Kopfende der Toten angekommen war, ging er in die Hocke. Die alte Dame lag rücklings vor ihm auf dem Waldboden. An ihrer Schädeldecke entdeckte er Blut in den Haaren. Er bemerkte eine größere Wunde seitlich am Kopf, die er mehrmals fotografierte.

Die beiden weißen Vogelschädel waren so angebracht worden, dass die Augenhöhlen der Tiere die Stirn der Toten anstarrten, beziehungsweise den Chefinspektor in seiner jetzigen Position ins Visier zu nehmen schienen. Finster fühlte sich von ihnen beobachtet und versteckte sich hinter dem Objektiv des Fotoapparats.

„Die Kollegen aus Satteins haben zwei Stellen im Wald kontrolliert, an denen in letzter Zeit Crystal Meth gefunden worden ist, haben aber niemanden entdeckt und auch keine vergrabenen Drogendepots gefunden. Die Kollegen befinden sich auf dem Rückweg zum Spielplatz, den sie auch noch kontrollieren wollen. Vorher müssen sie aber ihren Streifenwagen wegfahren, sonst steckt der Ambulanzwagen fest. Und ich muss unser Auto auch bewegen, sonst kommt keines dieser beiden Fahrzeuge vom Fleck."

Als Fleur Günthers Schritte verklungen waren, lag eine drückende Stille über dem Tatort. Heinrich Finster hatte plötzlich das Gefühl, sich in einem engen Raum, anstatt mitten im Wald zu befinden. Allein mit einer toten Frau namens Hildegard Engel. Der Chefinspektor spürte förmlich, wie der Geist dieser

Frau fassungslos neben ihrem leblosen Körper schwebte und verzweifelt versuchte, ihm zu erzählen, was vorgefallen war.

„Ich weiß", murmelte er, während er weitere Fotos schoss. „Ich bemühe mich ja auch, zuzuhören und hinzuschauen."

Er war bei den Knien der Leiche angelangt. Da bemerkte er eine reife, dunkelrote Kirsche. Sie war ein wenig beschädigt und hatte einen Fleck auf der Hose des Opfers hinterlassen. Kirschen im November? Er machte Fotos.

Das sich rasant nähernde Geräusch des Polizeihubschraubers ließ Finster die Begrüßung von Dr. Peter Apian überhören. Erst nachdem der Hubschrauber über sie hinweggeflogen war, bemerkte Finster seinen Kollegen und dessen Helfer, die in ihren weißen Ganzkörperanzügen am Leichenfundort angelangt waren.

Ein Hubschrauber? Wem gehört der? Der Polizei? Ich muss mich verstecken. Aber wo? Wie? Wo bin ich?

Auf dem Waldweg kann ich nicht bleiben. Wenn die Polizei im Hubschrauber sitzt, dann sind vielleicht auch Polizisten zu Fuß unterwegs. Ich muss mich so gut verstecken, dass man mich weder von oben noch vom Boden aus sehen kann.

Oft ist es das Beste, dass man sich gar nicht versteckt, sondern so tut, als sei man ganz selbstverständlich hier. In meinem Outfit aber würde mir niemand glauben, dass ich einen erholsamen Spaziergang an der frischen Luft unternehme. In meiner schwarzen Kleidung mit dem schwarzen Hoodie sehe ich weder wie ein Jogger noch wie ein Wanderer aus. Und schon gar nicht wie ein Pensionist. Ich habe weder einen Kinderwagen noch einen Hund dabei, der eine

Wanderung in dieser abgelegenen Gegend glaubhaft erscheinen lassen würde. Ich muss die schwarzen Samthandschuhe ausziehen. Meine Lieblingshandschuhe. Sie dürfen nicht noch schmutziger werden. So. Besser.

Mir ist nicht gut. Mir sollte es aber hervorragend gehen! Na ja, es war nicht leicht. Hoffentlich muss ich nicht kotzen. Das würde gerade noch fehlen.

Außerdem hatte ich noch keine Möglichkeit nachzusehen, ob und wie viele Blutspritzer auf meine Kleidung, in mein Gesicht und in die Haare gekommen sind. Also weiter durch den Wald! Der Hubschrauber ist noch nicht zu sehen, aber es wird nicht mehr lange dauern, bis er hier ist.

Immerhin konnte ich mein Werk vollenden. Fast hätten mich die drei Alten daran gehindert. Ich hatte Glück, ein Zeitfenster zu bekommen, bevor ich verschwinden musste. Aber jetzt scheint mich das Glück zu verlassen. Das Helikoptergeräusch wird lauter.

Da ist eine schräg abfallende Wiese. Kühe grasen drauf. Kühe! Ein Geschenk der Götter! Es muss ein Zeichen sein! Ich mag Kühe und die Kühe mögen mich auch. Da schau, da kommen auch schon zwei auf mich zu. Jetzt sind sie schon am Zaun. Ihr seid aber schön! Hallo, meine Schönen! Da kommen noch zwei. Na, ihr wollt wohl auch gestreichelt werden? Ich komme am besten zu euch auf die Weide. Den dünnen Zaun nimmt sowieso keiner ernst. Das ist ja nur ein Draht.

So, das ist besser. Jetzt kann ich euch alle gebührend begrüßen. Eine schöner als die andere. Und so weich und warm! Audhumbla, die Urkuh, war bestimmt auch so schön. Nur durch ihre Milch konnte aus dem Körper des Riesen Ymir die Welt samt dem Himmel und den Wolken entstehen. Welch wunderbares Gefühl, mitten unter diesen Geschöpfen zu sein. Ich fühle mich den Göttern so nah.

Oh shit, der Helikopter, den hab' ich vergessen! Jetzt seht ihr ihn auch! Nicht erschrecken … nicht … ahhh … du hast aber einen schweren Kopf! Jetzt hast du mich umgestoßen. Macht ja nichts.

Wie viel Wärme so ein Tierkörper doch ausstrahlt! Vielleicht sollte ich nicht liegenbleiben. Die Hufe könnten mich verletzen. Hoffentlich erschreckt ihr nicht noch einmal, meine Schätzchen. Es ist doch nur Lärm.

Ich habe noch nie den Bauch einer Kuh von unten gesehen. Wunderbar! So wunderbar! Fühlen sich eure Kälber auch so geborgen, wenn ihr sie beschützt?

So, noch ein bisschen nach rechts gerückt. Jetzt kann ich mit der anderen Hand einen zweiten Kuhbauch berühren. Ihr fühlt es auch, nicht wahr?

Wir sind alle Teil eines großen Ganzen. Wir gehören zusammen. Selbst wenn das Geräusch der Rotorblätter den Anfang von Ragnarök bedeutet, hier, unter euren warmen, weichen, wunderschönen Körpern, heiße ich es willkommen.

Gleich wollt ihr losrennen, weil ihr euch fürchtet. Ich bleibe aber hier liegen, komme, was wolle. Am liebsten würde ich mich in einen von euren Bäuchen verkriechen. Ich kann aber nur auf dem feuchten Gras liegen und euch mit den Händen berühren.

Der Motorenlärm wird leiser! Sie fliegen weg! Weg von uns. Doch ihr wollt weitergrasen. Ich verstehe. Geht nur, meine Schönen. Geht euren Weg!

Ich weiß jetzt, was ich tun muss. Ihr habt es mir erzählt. Odin hat durch euch zu mir gesprochen. Ich werde mich im Jupidentbächle waschen, und mich von den Blutspritzern reinigen. Dann werde ich meinen Rucksack packen und mich auf den Weg zum Bahnhof machen. Wer hätte gedacht, dass heute schon der Tag meiner Abreise ist?

Martha Keller erschrak. Soeben hatte sie ihre Mutter durch die drei seitlichen Fenster ihres Café-und-Buchladens „ZUR WEIN.LESE“ die Feldkircher Kreuzgasse entlanggehen sehen. Gertraud ging mit starrem Blick an Martha und ihrem Laden vorbei. Sie stieß die Glastüre auf und sah ihre Mutter, wie sie den Laubengang Richtung Johanniterkirche dahintrottete.

„Mama!“

Überrascht drehte sich Gertraud um. Martha war besorgt. „Was ist passiert? Du siehst aus, als hättest du ein Gespenst gesehen!“

„Ja, so ähnlich war es auch“, antwortete Gertraud Keller. Sie folgte Martha ins Café und setzte sich.

„Hättest du vielleicht einen Cognac für mich?“

„Ja, natürlich. Was ist passiert?“

Gertraud machte eine Geste, die besagte, dass sie mit ihrer Erzählung warten wollte. Martha kümmerte sie sich um die Gäste, kassierte ab und machte sich hinter der Theke zu schaffen. Sie brachte zwei Gläser Cognac, schloss die Ladentür und drehte das kleine Schild an der Tür auf ‚geschlossen‘.

Gertraud erzählte vom schrecklichen Ereignis und berichtete, dass Margot Engel ins Landeskrankenhaus Feldkirch eingeliefert worden sei.

Jemand klopfte an die Glastür. Es waren August Keller sowie Marthas siebzehnjährige Tochter Saskia und deren Freund *Şen*[9]. Die beiden Teenager standen fröhlich händchenhaltend hinter einem bleich und mitgenommen aussehenden August Engel. Martha öffnete die Tür.

---

9) sprich „Schen“ – Türkisch für ‚fröhlich‘

„Ist was passiert?", fragte Saskia in ihrer üblichen, quirligen Art, legte ihren Rucksack ab und ging zur Theke, wo sich in der großen Vitrine übriggebliebene Topfentascherl, Nussgipfel und Bergkäsefladen befanden.

„Dürfen wir, Mama?" Noch bevor Martha antworten konnte, stellte sie gleich die Folgefrage: „Wer möchte etwas? Oma?"

„Warum nicht?", meinte Gertraud. „Möchtest du auch etwas essen, Gustl?"

Er wollte aber nur Cognac. Während Saskia alle mit Snacks und Speisen versorgte, erklärte Martha ihrer Tochter und deren Freund, was vorgefallen war. Şen nahm alles stumm zur Kenntnis, während Saskia ihrem Entsetzen Ausdruck verlieh.

„Und was sagt Heinrich?", fragte Martha schließlich ihre Mutter. „Gibt es bereits eine Spur?"

„Ich weiß nicht", erwiderte Gertraud, „Fleur Günther sagte uns nur, dass wir uns in den nächsten Tagen bereithalten müssten, um auf der Inspektion eine Zeugenaussage zu Protokoll zu geben. Sobald es Margot wieder besser geht, muss sie das auch tun."

Neuerlich klopfte es an die Glasscheibe.

„Wenn man von der Sonne spricht, dann kommt sie", sagte August, denn Heinrich Finster und Fleur Günther standen draußen.

Martha wurde von Finster mit einem Kuss begrüßt.

„Tut mir leid", sagte er und deutete mit dem Daumen auf seine Kollegin, „ich bin sie nicht losgeworden. Sie verfolgt mich und ich kann nichts dagegen tun." Die Beamtin, die Finster um eine halbe Kopflänge überragte, versetzte ihm einen leichten Schlag auf den Hinterkopf, als wäre er ein Lausbub: „Du kannst ohne mich gar nicht leben, Heini."

Saskia fragte, ob sie den beiden Polizisten auch etwas zu essen anbieten dürfe.

„Natürlich!“, sagte Martha und fügte scherzend hinzu: „Wenn ich bald Pleite mache, weil ich meine Ware dazu verwende, meine erweiterte Familie über die Runden zu bringen, dann kann ich bestimmt mit eurer Unterstützung rechnen.“

„Ich zahle alles!“, erklärte August Engel bestimmt.

„Kommt gar nicht in Frage“, antwortete Finster.

„Doch, heute zahle ich alles. Mir ist wieder einmal klar worden, dass es jederzeit passieren kann, und wir plötzlich nicht mehr da sind. Wozu brauche ich ein paar Euro mehr oder weniger, wenn morgen der Lastwagen kommt, der mich ins Jenseits befördert. Heute lebe ich noch und heute essen und trinken wir gut und stoßen dabei auf Hildegard an.“

Gertraud erhob ihr Cognacglas und sagte feierlich: „Auf Hildegard!“

August musste lächeln: „Das würde ihr gefallen, dass wir hier in ihrem Namen Cognac trinken. Hast du noch eine Runde für alle, Martha?“

„Habt ihr irgendwelche Spuren vom Mörder gefunden?“, wollte Gertraud wissen.

„Na ja“, brummte dieser und wischte sich mit einer Serviette den Mund ab, „der Hubschrauber hat im Gelände niemanden ausfindig machen können, was mich sehr verwundert. Danach haben wir die Gegend zusammen mit den Kollegen aus Satteins zu Fuß abgesucht. Auch ergebnislos. Der PAEDAKOOP und der Stiftung Jupident haben wir ebenfalls einen Besuch abgestattet. In beiden Einrichtungen waren alle Schüler und Schülerinnen anwesend, niemand war abgängig, beziehungsweise war keiner Betreuungsperson aufgefallen, dass irgendjemand fehlen würde. Niemand hat etwas Auffälliges bemerkt.“

„Ihr habt also keine Spur“, stellte Şen fest.

„Ja, das kann man so sagen“, meinte Fleur Günther.

„Wir warten den Bericht der Spurensicherung ab und natürlich auch den Obduktionsbericht. Dann sehen wir weiter."

Sowohl Finster als auch Fleur Günther verschwiegen die posthume Verstümmelung der Toten.

„Allerdings, wollte ich euch noch etwas fragen. Hatte jemand von euch frische Kirschen dabei?"

„Warum?", fragte August und klang beunruhigt.

„Neben Hildegards Knie haben wir eine reife Kirsche gefunden. Da es November ist, kann sie nicht von einem Baum gefallen sein."

August fiel das Cognacglas aus der Hand. Klirrend zerbarst es auf dem Fußboden. Aller Augen waren auf den alten Mann gerichtet.

„Kirschen … die kinderfressende Hexe … der Bernald …", murmelte er.

„Gustl!", höchst alarmiert sprang Gertraud von ihrem Sessel. „Gustl?" Sie nahm seinen Kopf in beide Hände. „Gustl, was ist mit dir?"

Martha holte ein Glas Wasser, während Gertraud sein Gesicht tätschelte und Saskia ihm mit einer Speisekarte Luft zufächelte. Langsam trank er das Wasser.

„Möchtest du uns erzählen, was es mit der Kirsche auf sich hat?", fragte Gertraud.

„Hat es etwas mit dem Walter Döblinger zu tun?", fragte Finster.

„Sie wissen Bescheid?"

„Meine Mutter ist in Schlins aufgewachsen. Ich weiß nur, dass Walter Döblinger als Kind Opfer eines Mordes geworden ist, und zwar irgendwann in den 1950er Jahren. Weißt du mehr?"

„Mein Bruder ist für diesen Mord 32 Jahre unschuldig im Gefängnis gesessen", murmelte August und begann zu erzählen.

August Engels Erzählung

Es war im Juli 1953 und ich hatte gerade 50 Groschen Taschengeld bekommen. 50 Groschen! Außerdem durfte ich meinen 22 Jahre alten Bruder Erich auf das Schlinser Musikfest begleiten.

Als Erich und ich losgingen, kam die Vreni vom Nachbarhof zu uns herüber und kicherte. Ich wunderte mich, warum sie *a so gigarat heat*[10], denn weder Erich noch ich hatten irgendetwas gesagt. Und schon gar keinen Witz erzählt oder so was.

Erich schien sie auch nicht besonders lustig zu finden. Er nahm mich bei der Hand und marschierte mit mir los. Vreni ging neben uns her. Da Erich nicht mit ihr redete, oder nur manchmal ‚ja' oder ‚nein' sagte, begann Vreni sich mit mir zu unterhalten.

‚70 Jahre Gemeindemusik Schlins' stand auf einem großen Banner. Die Instrumente glänzten in der Sonne. Eine der Tubas bewegte sich hin und her und blendete mich. Ich war es nicht gewohnt, viele Leute auf einem Haufen zu sehen. Und sie trugen so schöne Kleider!

Herrlich war es auf diesem Fest! Es wurde musiziert und getanzt, es gab Stände mit Essen und Trinken, Gelächter und Unterhaltungen aller Art.

Ein junger Mann kam auf uns zu. Erich lächelte ihn kurz an. Offensichtlich kannte er den anderen, der jetzt vor uns stand und ebenfalls lächelte.

---

10) so gekichert hat

11) Das ist mein kleiner Bruder August

„*Des isch min klina Bruadr, dr Guschtl*“[11], stellte mich Erich dem anderen vor.

„Freut mich“, erwiderte er uninteressiert.

„Möchtest du *an G'schprützta*[12] trinken?“, fragte der andere. Mein Bruder hielt es offenbar nicht für nötig, mir seinen Namen mitzuteilen.

Erich ließ meine Hand los und meinte: „Spätestens um sechs treffen wir uns wieder hier.“

„Woher soll ich wissen, wie spät es ist?“, wollte ich wissen. Doch die beiden ließen mich einfach stehen. Ich war allein unter den feiernden Schlinsern.

„Gustl, kommst du mit?“ Einige Kinder aus meiner Klasse umringten mich plötzlich.

„Wohin?“, fragte ich.

„Wir gehen zum Würstelstand. Die anderen sind auch da.“

Vor dem Würstelstand diskutierten wir, wer sich was kaufen würde: eine Grillwurst, einen Schübling oder *Zitzile*[13] mit Senf und Brot.

Wir stellten uns mehr oder weniger in einer Reihe vor dem Würstelstand an und schwatzten durcheinander. Ganz vorne in der Reihe stand Walter Döblinger. Er war zwei Jahre jünger als ich, deshalb kannte ich ihn nicht so gut, sah ihn aber jeden Tag auf dem Schulweg. Er war das älteste Kind in seiner Familie und musste auf seine fünf jüngeren Schwestern aufpassen. Fünf jüngere Schwestern! Das konnte ich mir nicht vorstellen. Ich hatte einen älteren Bruder. Mit dem konnte man zwar nicht spielen, aber man konnte ihn wunderbar für Drohungen einsetzen: „*Loss mi in Ruha, sus kunt min groſsa Bruadr, dr Erich,*

---

12) einen gespritzten Wein, d.h. Wein mit Sprudelwasser oder Limonade verdünnt

13) Frankfurter Würstchen

und vrschlahat di!“[14] Das hatte er zwar noch nie gemacht, aber es reichte, dass man mich hin und wieder mit Erich zusammen sah, um solche Drohungen glaubhaft erscheinen zu lassen.

Als ich Walter dabei zusah, wie er seine Wurst entgegennahm und sofort zu essen begann, wunderte ich mich, wo seine vielen Schwestern waren. Ich blickte mich ein wenig in der Menge um, sah aber keine.

„Ich nehme doch einen Schübling“, dröhnte Paul, mein bester Freund, als wäre diese Mitteilung für die ganze Gruppe von außerordentlicher Wichtigkeit. So aus meinen Überlegungen gerissen, hatte ich Walter aus den Augen verloren.

Er stand etwas später ein wenig abseits vom Würstelstand und kaute. Und da war jemand neben ihm, eine Frau. Sie war keine besonders schöne Frau. Von oben bis unten schwarz gekleidet, stand sie ein wenig gekrümmt neben dem Jungen.

Irgendwie kam mir diese Frau seltsam vor. „Eine Hexe“, schoss es mir durch den Kopf. „Wenn es noch Hexen gibt, dann sehen die bestimmt so aus.“ Ich wusste, wie Walters Mutter aussah. Das war sie auf jeden Fall nicht. Ich konnte mir nicht vorstellen, dass diese Frau überhaupt jemandes Mutter sein konnte. Sie hatte so gar nichts Mütterliches an sich. An eine Mutter musste man sich anschmiegen und sie umarmen können, wenn es einem schlecht ging. Aber diese Frau hätte ich nie im Leben umarmt.

Die Musik spielte wieder und ich konnte sehen, wie die Frau mit Walter redete. Da es so laut war, konnte ich nur Fetzen dessen verstehen, was sie zu Walter sagte: „ … einen Nachtisch … *Kriese*[15] … *Kriesebom*[16] … ganz schöne reife … ich zeig es dir

---

14) Lass mich in Ruhe, sonst kommt mein großer Bruder Erich und verprügelt dich.
15) Kirschen
16) Kirschbaum

… nur für dich …" Ich hatte auch Lust auf reife Kirschen. Für einen kurzen Moment verspürte ich einen Stich der Eifersucht. Dann sah ich wieder in das Gesicht der Schwarzgekleideten, die so gar nicht aussah, wie die Frauen, die ich kannte. Nichts in der Welt hätte mich dazu veranlasst, mit dieser Person mitzugehen und mir von ihr Kirschen schenken zu lassen. Umso erstaunter war ich, als Walter genau das tat. Die Schwarzgekleidete ging voraus. Der Anblick erschien mir so, als hätte sich eine kleine Gewitterwolke in der Zeit geirrt und wäre am falschen Tag erschienen. Und dieser Wolke folgte der genüsslich essende Walter.

„Wo warst du denn?", fragte mich Erich wenig begeistert.

„*Mir hon tschuttat*"[17], berichtete ich wahrheitsgetreu, als ich Erich und seinen Begleiter etwas verspätet am vereinbarten Treffpunkt wiedersah. „Und zum Schluss haben wir auch noch *Verschteckertlix*[18] gespielt."

„Du bist 20 Minuten zu spät", schalt mich Erich.

„Habt ihr den Walter gesehen?" Die Frau, die uns ansprach, war Walters Mutter.

Erich erklärte, er kenne Walter nicht und wisse nicht, wie er aussehe.

„Du musst ihn doch kennen", sagte die Mutter in besorgtem Tonfall. „Du arbeitest doch als Knecht auf dem Jenny-Hof."

„Jetzt arbeite ich nicht mehr dort. Es kann sein, dass ich

17) Wir haben Fußball gespielt.

18) Versteck spielen

den Walter vom Sehen kenne, aber ich habe nie mit ihm gesprochen."

„Ich kenne ihn", warf ich ein.

„Hast du ihn gesehen? Weißt du, wo er ist?"

Ich erklärte, dass ich nicht wüsste, wo Walter im Moment sei. Er wäre nicht bei unseren Spielen dabei gewesen. Die Mutter machte bereits Anstalten weiterzugehen, als ich sagte: „Vielleicht weiß die schwarze Frau, wo er ist."

„Eine schwarze Frau?" Die Mutter wurde hellhörig.

Ich erzählte von der seltsamen Gestalt. Nein, ich kannte ihren Namen nicht und ich hatte sie auch noch nie zuvor in meinem Leben gesehen.

Mein kindlicher Stolz über so viel Informiertheit verflog, als ich in das Gesicht der Mutter blickte. Es war, als wäre alle Farbe daraus verschwunden.

„Mutter!" Hinter ihr war ein Mann aufgetaucht, der bei ihrem Anblick ebenso besorgt war wie ich. In dem Moment gaben ihre Beine nach und der Mann trug sie zur nächsten Sitzgelegenheit. Mittlerweile waren auch andere aufmerksam geworden.

„Mutter?", wiederholte Walters Vater.

„Dem Walter ist etwas zugestoßen", raunte sie kaum hörbar.

„Was ist passiert?"

„Er ist mit jemandem mitgegangen."

„Mit wem?", wollte der Vater nun sichtlich erregt wissen.

„Da war eine schwarze Frau, die hat ihm Kirschen versprochen", sagte ich. Vater Döblinger sah mich an. Sein Blick brannte auf meinem Gesicht. Es war, als könnte der Mann direkt durch mich hindurchschauen, als könnte er alles sehen, was ich gesehen hatte. Mehr noch, es war, als wüsste er, was ich denke, als würde er mir mit seinem Blick sagen wollen: *„Du hast* *gewusst, dass sie eine Hexe ist und du hast nichts gesagt! Du hast ihn mit ihr mitgehen lassen, obwohl du wusstest, dass sie kleine Kinder frisst!*"

Dann meldete sich jemand aus der immer größer werdenden Gruppe der Umstehenden: „Ja, die schwarz gekleidete Frau habe ich auch gesehen."

„Was ist los?" Inzwischen waren alle, die nicht mit dem Abbau der Essensstände beschäftigt waren, um das Ehepaar Döblinger versammelt. Das anfängliche Gemurmel nahm an Lautstärke zu, bis die Angelegenheit allen klar zu sein schien: „Der Walter ist abgängig … schwarze Frau … Kirschen … Würstelstand … *dr Bernald isch wiedr … Jessas Maria …*" Irgendwann wurde das wirre Durcheinander von einer dominanten Stimme durchbrochen: „*Mir gond etzt alle zemma des Büable ge suacha. Und ned lugg lo, bis mr'n gfunda hond!* [19]"

Daraufhin löste sich die Gruppe erstaunlich schnell auf. Frauen riefen nach ihren Kindern, Männer sprachen sich ab und machten sich in verschiedene Richtungen mit ernsten Gesichtern auf den Weg.

Walters Name wurde in alle Richtungen geschmettert. Bisher hatte mir das Dorf ein Gefühl der Geborgenheit gegeben. Wenn ich in der Schule saß und aus den Fenstern blickte, hatte ich mich in diesem kleinen, fast vollständig von wald- oder wiesengrünen Hügeln umgebenen Talkessel sehr wohl gefühlt. Hinter den Hügeln sah man Bergrücken mittlerer Höhe, die von beindruckenden, immer steiniger und kantiger werdenden hohen Bergen umrandet waren. Diese gutmütigen Riesen waren meine Beschützer gewesen. Wie hatten sie es zulassen

---

19) Wir gehen jetzt alle zusammen den Jungen suchen. Und gebt nicht auf, bis wir ihn gefunden haben!

können? Wieso hatten sie Walter nicht beschützt? Ich konnte noch hören, wie Vater Döblinger, nachdem er seiner Frau auf die Beine geholfen hatte, sagte: „*Du goscht etzt hoam und luagascht zu da Goofa.*[20]“ Dann ging auch er weg und ich wurde von Erich an der Hand nach Hause gezogen.

Vreni begleitete mich zur Schule. Allein durfte ich nicht mehr draußen sein. Erich sprach jetzt viel mehr mit Vreni. Es kam mir fast so vor, als würde er sie doch ein bisschen mögen. Auf jeden Fall erklärte er Vreni mehrmals, wie froh er sei, dass sie auf mich aufpasse. Auf dem Schulweg begegneten uns auch andere Kinder an den Händen von Erwachsenen. Es gab auch Kinder, die sich in Traubenformation – ähnlich einer Gruppe Gänse – durch die Dorfstraßen bewegten. Vreni ließ meine Hand erst los, sobald wir direkt vor der Eingangstür zur Volksschule standen und ich mich inmitten einer Schar von Kindern befand.

Alles war anders seit dem Vortag. In meinem Magen lag ein schweres Gewicht, als hätte ich einen Stein verschluckt, der so groß war, wie meine beiden Fäuste zusammen. Warum hatte ich nichts gesagt? Warum hatte ich Walter nicht vor der Hexe gewarnt?

„Weiß man schon etwas?“, hörte ich Vreni zu meiner Lehrerin sagen. Diese schüttelte mit zusammengepressten Lippen den Kopf: „Leider nein.“

„Ist er die ganze Nacht nicht nach Hause gekommen?“ Vrenis Stimme nahm einen anderen Ton an, die Neugier wich einer

---

20) Geh nach Hause und pass auf die Kinder auf!

schlimmen Vermutung. Wieder Kopfschütteln.

Weitere Kinder kamen im Schulhof an.

"*Chrischtl, wieso plägascht du?*"[21]

Plötzlich waren alle Augen auf das eben angekommene, rothaarige Mädchen gerichtet. Die Möglichkeit, dass der Kummer des Mädchens etwas mit Walter zu tun haben könnte, ließ alle stumm werden.

„Mir tut der Walter so leid", schluchzte Christl. „Wir müssen ihn suchen gehen. Er fürchtet sich bestimmt."

Unruhig redeten Kinder wie Erwachsene durcheinander. Alle glaubten etwas zu wissen, das sich nach längerem Hin und Her doch nur als nichtssagendes Detail erwies. Ich stand in der Nähe meiner Lehrerin, als der Direktor zu ihr hintrat und leise zu ihr sagte: „Normalen Unterricht können wir nach diesem Ereignis sowieso kaum halten und die Gendarmerie hat um Hilfe gebeten. Die älteren Buben gehen in Gruppen und helfen bei der Suche mit. Sie sollen den Jagdberg absuchen."

Bald machten wir Jungs uns mit unserer älteren Lehrerin auf den Weg, während die Mädchen in eine andere Klasse gehen mussten, bis wir wieder zurück waren. Unsere Gruppe wurde zum Burghügel auf der zum Oberdorf gewandten Seite geschickt und damit beauftragt, nicht nur auf den Wegen, sondern auch im Gebüsch zu suchen. Wir Kinder nahmen das sehr ernst. Schließlich waren wir die Großen und somit auch die Mutigsten und Fähigsten an der Schule.

Von dem Moment an, als wir den sanften Anstieg auf den Hügel zur Jagdbergruine antraten, wich die Aufregung einem dumpfen Unbehagen.

---

21) Christl, warum weinst du denn?

„Wo sollen wir suchen?", fragte ein Schüler die Lehrerin.

„Überall", antwortete sie atemlos von der Anstrengung des Aufstiegs. Da wir alle ortskundig waren und uns die umliegende Gegend nur allzu gut bekannt war, lief ich mit ein paar Buben einfach drauflos. Auf die alte Lehrerin zu warten, kam uns weder in den Sinn, noch wurden wir von ihr zurückgerufen.

Paul und ich hasteten zusammen mit drei weiteren Buben durchs Unterholz. Anfangs riefen wir noch nach Walter. Dann arbeiteten wir uns Zweige knickend und auf Unkraut tretend abseits des Weges mühsam den Hang entlang. Die anderen Jungen waren zusammen mit der Lehrerin auf dem Weg gegangen, wir aber waren in östliche Richtung abgedriftet und hatten den Kontakt zum Rest unserer Klasse verloren.

An einer lichteren Stelle sammelten wir uns. Es hätte fast wie Cowboy- und Indianerspielen sein können.

„Was ist, wenn der Walter tot ist?", fragte Paul.

„Was meinst du?", fragte ihn Michael.

„Hast du schon mal einen Toten gesehen?", wollte Paul wissen.

„Meinen Opa. Als der gestorben ist, haben sie ihn ins Wohnzimmer gelegt. Da musste ich sitzen und ihn anschauen."

„Und wie sieht so ein Toter aus?"

„Wie ein Lebendiger, den man mit einer Käseschicht überzogen hat."

„Was? Eine Käseschicht? Wie soll denn das gehen?"

Michael zuckte mit den Achseln: „So hat es halt ausgesehen."

„War da kein Blut?"

„Nein, mein Opa ist eingeschlafen und nicht wieder aufgewacht."

„Meint ihr", warf Peter ein, „dass der Walter voller Blut ist, wenn wir ihn finden?"

Da tauchte wieder das Bild vor meinem inneren Auge auf. Ich sah das Gesicht der Hexe, wie sie mit dem nichtsahnenden, gutgläubigen Walter sprach. Ich meinte, etwas in ihren Augen gesehen zu haben, ein Aufblitzen, ein Zucken.

„*Isch eppas, Guschtl?*[22]“ Paul stieß mich recht unsanft von der Seite an.

„Was?“

„*Du luagasch so hetzig dri.*[23]“

„Nichts“, ich schüttelte die Bilder ab, „wir müssen ihn finden. Jetzt sofort. Vielleicht lebt er ja noch.“

Ich beeilte mich weiterzukommen. Die anderen folgten mir durch den Wald. Irgendwann sahen wir einen Waldweg, der uns allen bekannt war. Erleichtert blieben wir stehen. Kurz warteten wir im Dickicht am Wegrand, bis alle beieinander waren.

Paul wollte gerade anfangen zu reden, als ich ihm und den anderen mit einem Handzeichen zu verstehen gab, dass sie alle schweigen sollten. Sie folgten meinem Blick.

Keine zehn Meter vor uns sahen wir eine von oben bis unten schwarz gekleidete Frauengestalt. Bedächtig schritt die Erscheinung an uns vorbei. Der gesenkte, mit einem schwarzen Tuch bedeckte Kopf war auf etwas gerichtet, das die Person in ihren Armen hielt. Wir konnten nicht erkennen, was es war, nur dass es vollständig in ein weißes Laken gehüllt war.

War das Walter? Trug die Hexe Walter in ein Betttuch gewickelt durch den Wald? Mir wurde heiß und kalt gleichzeitig. Wenn sie uns entdecken würde!

Murmelnd und leise vor sich hin summend wandelte die unheimliche Frau an uns vorbei, ohne uns zu bemerken. Als sie etwas weiter entfernt war, fragte Peter im Flüsterton: „Ist sie das?“

„Wer?“

---

22) Ist etwas los, Gustl?

23) Du kuckst so seltsam.

„Die Tante vom Walter?“

„Wieso denn die Tante?“

„Na, die betet doch immer zur Mutter Gottes und will ein Kind kriegen. Sie hat eine Statue von der heiligen Maria, eine ganz schöne.“

„Na und?“

„Und jetzt trägt sie die Mutter Gottes durch den Wald und bittet sie, dass sie uns hilft, den Walter zu finden.“

Aber ich war mir sicher: Was auch immer wir hier vor uns sahen, es war bestimmt nicht Walters Tante, die eine Marienstatue durch den Wald trug.

„I gang amol ane und frog se, ob se da Waltr geseacha heat“[24], meinte Peter naiv und machte Anstalten, aus dem Gebüsch zu kriechen. Mit einer heftigen Bewegung schnappte ich mir seinen Arm. Erschrocken sah er mich an. Er wollte protestieren, doch da bemerkten wir, wie die Person auf dem Weg kehrt machte.

Noch immer leise ihren Sprechgesang fortführend, war die Hexe weiterhin ganz auf ihr weißes Bündel fixiert und kam langsam auf uns zu. Wir wussten nicht so recht, was wir tun sollten und verharrten in unserem Versteck. Als sie nähergekommen war, hob sie ihren Kopf und wandte ihn auf die andere Seite, sodass das Gesicht zu sehen war.

Ich ließ Peter los. Ich brauchte keine Überzeugungskünste mehr, um ihn zurückzuhalten. Auf uns zu bewegte sich ein Mensch, der sich kleidete wie eine Frau, der vor sich hinsang wie ein Kind und der Bartstoppeln hatte wie ein Mann. Ich weiß nicht mehr, ob mir meine Fantasie einen Streich spielte, aber ich glaubte zu erkennen, dass im Mundwinkel der Gestalt

---

24) Ich geh mal hin und frage sie, ob sie den Walter gesehen hat.

ein kleiner roter Punkt zu sehen war. Ein kleiner, roter Blutstropfen. Ich versuchte festzustellen, ob das Bündel wirklich ganz weiß war, ob es vielleicht Stellen gab, die nicht weiß waren, sondern vielleicht auch rot waren, ob …

Einer von uns hatte sich bewegt. Ein auf dem Boden liegender Ast knackte. Die Hexe hörte augenblicklich auf zu murmeln und sah in unsere Richtung. Als würden wir einem Kommando folgen, rannten wir los.

Einmal musste ich stehenbleiben. Peters Bein hatte sich in einer Brombeerstaude verfangen. Kreischend rief er um Hilfe. Die anderen warteten nicht, ließen ihn einfach liegen.

In meiner Vorstellung sah ich die böse Spukgestalt, wie sie auf einem Besen hinter uns her war, die schwarzen Gewänder aufgebauscht hinter ihr wehend und einen versteinerten, eiskalten Walter mit schneeweißer Haut, die irgendwie an Käse erinnerte, vor sich auf dem Besen sitzend. Peter quietsche panisch und ich glaubte zwischen seinen ohrenbetäubenden Schreien ein hämisches, bösartiges Lachen aus der Ferne zu vernehmen.

Hektisch half ich Peter und fügte ihm dabei mehrere Kratzer zu. Erst, als wir weiterlaufen konnten, wagte ich einen kurzen Blick zurück. Hinter uns war niemand zu sehen.

Als wir in unserem Klassenzimmer ankamen, waren alle anderen samt Fräulein Bickel schon da. „*Jössas, ihr Hosalottre*!“, entfuhr es der Lehrerin, „*Sin dr usse troolat*?[25]“

---

25) Um Gottes Willen, Jungs! Seid ihr hingefallen?
(Hosalottre = Bub, dem die Hose schlottert, d.h. zu groß ist)

Wir waren völlig verdreckt und Dornen hatten uns die Haut aufgeritzt. Wären wir nicht noch immer verängstig gewesen, wären wir auf das getrocknete und zum Teil noch frische Blut stolz gewesen. Ein Indianer kennt keinen Schmerz. Stattdessen redeten alle wild durcheinander, bis Fräulein Bickel uns unterbrach und Paul die Sache erzählen ließ. Stumm hörte sie sich alles an, alle hingen an Pauls Lippen. Dann ließ Fräulein Bickel uns zum Schulleiter gehen, dem wir alles noch einmal erzählen sollten. Den Direktor fanden wir vor der Eingangstür zum Schulgebäude, tief in ein ernstes Gespräch mit zwei Gendarmen und ein paar weiteren Männern, die ich vom Sehen kannte, verwickelt. Die anderen kamen nach und umringten uns. Paul musste alles noch einmal erzählen und wir anderen ergänzten seine Geschichte. Anschließend war es erstaunlich ruhig auf dem Pausenhof. Ein Mann blickte den Schulleiter an und sagte nur ein Wort: „Der Bernald!" Danach hatten es alle Männer sehr eilig und gingen wortlos in verschiedene Richtungen.

„Was ist ein Bernald?", fragte ein Kind.

„Das ist ein Name", erklärte ein anderes Kind. „Meine Tante heißt so. Die wohnt in Bregenz."

„Komischer Name für eine Frau", kicherte ein anderes Kind.

„Des isch an G'schleachtsnamma und koan Vornamma, du Lappe!"[26]

„Weiß dann der, wo der Walter ist?", fragte ein anderes Kind.

„Das wird sich herausstellen", meinte der Schulleiter und sein Gesichtsausdruck machte mir Angst.

---

26) Das ist ein Familienname und kein Vorname, du Depp. (Lappe/Lalle = lallender Mensch, Dummkopf)

Am nächsten Morgen war ich hundemüde. Erich weckte mich. Ich erzählte ihm, ich hätte die ganze Nacht wachgelegen, weil ich Angst hatte, dass dieser Bernald herausfinden könnte, wo ich wohne. Erich versuchte, mich zu beruhigen, aber es war ihm anzusehen, dass auch er sich Sorgen machte. Nach dem Frühstück begleitete mich Erich bis zum Nachbarhof, wo er mich Vreni übergab.

Sie lächelten sich an und Vreni fragte ihn, ob er am Abend mit ihr in die Krone gehe. Er willigte ein, allerdings konnte ich sehen, dass er nicht ganz glücklich mit dem Vorhaben war. Ich musste Vreni die Hand geben, obwohl ich mich schon viel zu alt dafür fand. Es wurde jedoch keine Widerrede geduldet.

Als ich mich noch einmal nach ihm umdrehte, sah ich den Burschen, mit dem er sich auf dem Musikfest getroffen hatte. Er wartete ein wenig versteckt hinter einer Hausecke auf Erich. Er sah verärgert aus. Erich redete mit ihm, zeigte mit dem Daumen hinter sich und wandte dann den Kopf in Vrenis und meine Richtung. Dann hob er beide Handflächen zum Himmel. Es sah aus, als wollte er sagen: „Was soll ich denn machen?“ Dann gingen die beiden gemeinsam weg – zur Arbeit, nahm ich an.

Auf dem Pausenhof vor der Schule angekommen, herrschte keine gute Stimmung. Die Lehrpersonen waren übereifrig bemüht sicherzustellen, dass sich kein Kind vom Schulhof entfernte. Sobald eines beim *Fangertlix*[27] spielen auch nur an den Rand des Schulgeländes kam, wurde es sofort von einem Erwachsenen ermahnt, bei der Gruppe zu bleiben.

---

27) Fangen spielen

„Noch immer nichts?", fragte Vreni Fräulein Bickel, die knapp den Kopf schüttelte und Vreni gegenüber nicht sehr auskunftswillig erschien.

„Haben sie wenigstens den Bernald?"

„Ich weiß nichts", sagte Fräulein Bickel und ich sah ihr an, dass es ihr nicht gut ging.

„Hat man das *Schlinser Männle* schon befragt?", schlug Vreni vor.

„Ich weiß zwar nicht, was der tun könnte", entgegnete die Lehrerin, „aber ja, den Hermann hat man schon gefragt."

„Und?"

„Was soll der schon machen?" Es war offensichtlich, dass Fräulein Bickel keine Lust hatte, sich mit Vreni weiter zu unterhalten. „Soll er den Eltern sagen, sie sollen drei *„Vaterunser"* und drei *„Gegrüßt seist du, Maria"* beten und dann drei Kreuzeichen machen? Das ist schließlich seine Allheilmethode."

„Glauben Sie etwa nicht an seine Heilkräfte? Der Herr Dörer kann immerhin so gut Blut stillen, dass man ihn sogar im Krankenhaus in Feldkirch zu den Patienten lässt."

Fräulein Bickel war weiterhin unbeeindruckt.

„Und die Mathilda, die ist schwanger geworden, und das nach zehn unfruchtbaren Jahren und dann nach nur einem Besuch beim *Schlinser Männle*."

„Es war nicht nur ein Besuch", verbesserte sie die Lehrerin, „und eine schöne Stange Geld hat er auch noch dafür genommen. Allerdings muss ich zugeben, dass ich auch erstaunt war, als die Mathilda wider Erwarten doch noch ein Kind bekommen hat."

„Und wenn einer DAS kann", argumentierte Vreni eifrig weiter, „dann kann er auch ein verschwundenes Kind finden." Triumph funkelte in ihren Augen.

„Hoffen wir das Beste“, sagte die Lehrerin schwach. „Allerdings sind die Eltern mittlerweile so verzweifelt, dass sie sogar eine Wahrsagerin aus der Schweiz haben kommen lassen.“

„Wirklich? Und?“

„Keine Ahnung.“

Nach der Schule holte mich Vreni ab, wieder musste ich ihr die Hand geben. So schlimm, wie ich es befürchtet hatte, war es aber gar nicht, da die anderen Kinder ebenso von Erwachsenen begleitet wurden. Es waren keine Kinder auf den Straßen zu sehen und auch sonst waren auffällig wenige Leute unterwegs.

Andauernd schielte ich über meine Schulter und wollte mich vergewissern, dass die schwarze Gestalt nicht hinter mir her war, um die nächste Ecke auf der Lauer lag oder gar vor unserem Haus herumlungerte. Ich ertappte mich immer wieder dabei, dass ich Vrenis Hand von mir aus etwas fester drückte.

An diesem Tag ging Vreni mit mir auf einem Umweg nach Hause. Wir schlugen die Straße ein, die am Haus der Döblingers vorbeiführte. Als wir uns dem Haus näherten, verlangsamte Vreni ihre Schritte. An der Grundstücksgrenze wurden wir so langsam, dass wir fast stillstanden.

Gerade, als ich Vreni fragen wollte, was wir hier täten, öffnete sich die Haustür. Mutter Döblinger und eine mir unbekannte Frau traten heraus. Die beiden sahen so bedrückt aus, dass mir schwer ums Herz wurde.

„Und Sie sind sich ganz sicher?“, hörten wir Walters Mutter fragen.

„So sicher, wie es möglich ist. Seien Sie auf das Schlimmste gefasst“, meinte die andere Frau, die mit schweizerischem Akzent sprach.

„Und Sie haben gar kein Leben mehr beim Walter gesehen?“ Flehen lag in der Stimme der Mutter.

„Es tut mir leid, dass ich Ihnen nichts Erfreulicheres sagen kann“, erklärte die Schweizerin, vom Schmerz der Mutter sichtlich berührt. „Man wird ihn finden, aber Leben ist keines mehr in ihm.“

Sie verabschiedeten sich knapp voneinander und Vreni zog mich weiter auf dem Weg und blickte dabei zu Boden. Ich sah Walters Mutter noch ein paar Momente lang an. Sie bemerkte weder Vreni noch mich noch sonst irgendetwas. *„Dia tät etz beschtimmt am liabschta Schröa lo*“[28], schoss es mir durch den Kopf und der Gedanke machte mich sehr traurig. In dem Moment spürte ich Vrenis Hand, wie sie die meine fest drückte.

Der nächste Tag fühlte sich an, als würde er gar nicht stattfinden. Die Zeit schien still zu stehen. Die Erwachsenen redeten gedämpft miteinander und jedes andere Gesprächsthema als Walters Schicksal schien respektlos zu sein.

Als Erich mich in der Früh wieder Vreni übergab, meinte sie, man würde von Bludenz bis Bregenz nach dem Walter suchen. Alle hätten Angst. Der Abnormale hätte ihn schließlich überallhin verschleppen können. Nachdem sie das gesagt hatte, konnte ich sehen, wie sie einen bitterbösen Blick an Erich vorbeischickte. Ich folgte ihrem Blick und sah wieder

28) Sie würde jetzt bestimmt am liebsten laut weinen (Schreie lassen).

Erichs Begleiter an derselben Hausecke stehen und zu uns herüberschielen. Auch Erich war ihrem Blick gefolgt. Danach sah Vreni meinem Bruder fordernd in die Augen und Erich erwiderte ihren Blick. Trotz meiner jungen Jahre konnte ich sehr gut verstehen, dass von Erich ohne Worte verlangt wurde, eine Entscheidung zu treffen. Gespannt schaute ich von einem zum anderen. Worum es wirklich ging, verstand ich erst viel später, aber mir war damals klar, dass sich Erich in einer sehr schwierigen Lage befand. Seine Knöchel traten gelblich-weiß hervor, so fest krallte er sich an seiner Mütze fest.

Schließlich drückte er Vreni einen kurzen Kuss auf die Wange, den sie wie eine Trophäe entgegennahm. Unwillkürlich schoss mein Blick zu Erichs Freund, der immer noch an derselben Stelle stand. Im nächsten Augenblick wurde ich von Vreni weggezogen und zur Schule gebracht.

Auch am dritten Tag nach Walters Verschwinden holte mich Vreni von der Schule ab. Wieder nahm sie den Umweg, der am Haus der Döblingers vorbeiführte.

„Ist das nicht Frau Döblinger?“, fragte Vreni eigentlich mehr sich selbst als mich. Weit entfernt auf der Straße war eine Frau zu erkennen, die langsam auf uns zu kam. Selbstverständlich würde Vreni einen noch viel größeren Umweg in Kauf nehmen, um angeblich zufällig an Walters Mutter vorbeigehen zu können, in der Hoffnung auf aufschlussreiche Auskünfte.

An einem anderen Haus ging eine Tür auf und zwei Angehörige der Gendarmerie traten heraus. Betont langsam gingen wir weiter und beobachteten, wie sich die Beamten bei den

Bewohnern des Hauses für deren Zeit und Auskünfte bedankten. Hinter uns überquerten die Gendarmen die Straße und als sie am nächsten Haus klingelten, waren wir zu Vrenis Leidwesen schon außer Hörweite.

Ich konnte bereits Frau Döblingers Gesicht erkennen, als wir von hinten ein Motorrad hörten. Ich war recht erstaunt, im Fahrer den Direktor meiner Schule zu erkennen. Er brachte seine Maschine neben Walters Mutter zum Stehen. Die Frau stand statuenhaft da. Der Schulleiter stellte sich neben die Mutter und nahm feierlich seine Mütze ab. Vreni und ich waren schon sehr nahe bei ihnen und konnten hören, was sie sagten.

„Es tut mir leid, Annemarie, aber der Amman Robert, der war heute in Kreuzwirts Ställe Galscherlend. Das ist schon fast bei Schnifis oben."

Er machte eine Pause. Natürlich wusste die Frau, wer Robert, wo das Ställe und die Nachbargemeinde Schnifis waren. Sie schwieg.

„Also, am Robert si Ross, des isch'm trotz allem Schnorrla ned in Stall ihe ganga."[29]

Der Schulleiter drehte seine Mütze wie einen Rosenkranz in seinen Händen.

„Es heat'n denn dunkt, do sei eppas leatz"[30]

Sie wartete.

„Denn heat'r s Höö und d Streu weag tua, dia da Mischtgraba zuadeckt hond."[31]

Unsicher blickte er der Mutter ins Gesicht.

„Der Walter ist im Graben gelegen. Er ist tot."

---

29) Roberts Pferd ist trotz allem Schimpfen nicht in den Stall hinein gegangen.

30) Etwas kam ihm dann seltsam vor. (Ihn deuchte, etwas sei falsch.)

31) Dann hat er das Heu und die Streu weggetan, die den Mistgraben zugedeckt haben.

Mir war, als hätte jemand einen gewaltigen Schlag auf eine gewaltige Pauke getan. Mir war, als würde dadurch der Boden unter meinen Füßen flüssig werden und ich musste mich an Vrenis Hand klammern, um nicht ins Schwanken zu geraten. Alles begann, sich um mich zu drehen. Ich hörte noch, wie der Direktor sagte: „Er war geknebelt und geschändet." Dann hörte ich, wie Vreni meinen Namen sagte, und mich unter dem Arm festhielt und davonschleifte.

Ich kann mich erinnern, dass ich in meinem Bett lag und meine Mutter mir ein kaltes Tuch auf die Stirn legte.

„Es wird alles gut, Gustl", sagte sie beruhigend. „Du hast ein wenig Fieber. *Tuan a kle ruaba.*[32]" Sie gab mir einen Kuss auf die Wange und verließ das Zimmer, das Erich und ich uns als Schlafzimmer teilten. Sie ließ die Türe einen Spalt offen und ich konnte hören, wie mein Vater, meine Mutter und Erich miteinander sprachen.

„Haben sie den Bernald geschnappt?", fragte Erich.

„Die Gendarmen waren bei seinen Eltern", erklärte mein Vater mit tiefer und bitterer Stimme. „Und die haben den Beamten einen Abschiedsbrief von ihrem abnormalen Sohn gezeigt. Darin soll stehen, dass ihn ein Ereignis zwinge, aus dem Leben zu treten. Ein Ereignis zwinge ihn", wiederholte der Vater mit Abscheu. „Sogar zu feige, die Dinge beim Namen zu nennen, *der nüntige Siach.*[33]"

32) Ruhe dich ein bisschen aus.

33) der nichtswürdige (kranke) Mensch

„Hat man ihn gefunden?", fragte meine Mutter weiter. „Lebt er noch?"

„Der Kinderschänder hat sich erhängt", teilte mein Vater mit und ich konnte hören, wie meine Mutter erleichtert aufatmete. „Er ist nach Pettneu ins Tirol gefahren und hat sich dort aufgehängt."

„Warum nach Pettneu?", fragte Erich.

„Woher soll ich das wissen?", fauchte der Vater. „Wahrscheinlich aus Feigheit. Weggerannt ist er halt vor seiner Verantwortung."

„Einer der Gendarmen", sprach Erich weiter, „hat Joseph erzählt, Bernald habe man am 5. Juli, also am Tag, an dem das Musikfest war, in der Nähe der Mehrerau am Bodensee beim Baden gesehen und den Abschiedsbrief soll er in Bozen geschrieben haben. Wenn das stimmt, dann kann er es gar nicht gewesen sein."

Es war einen Moment lang nichts zu hören.

„*Wenn du den gottselendiga Sauhund*[34] *auch noch verteidigst*", erklärte mein Vater in einem gefährlich leisen Tonfall, „dann bist du in diesem Haus nicht mehr willkommen. Abnormale und Kinderschänder haben hier nichts zu suchen. Meine Söhne sind anständige Menschen. Habe ich mich klar und deutlich ausgedrückt?"

Ich konnte Erichs Antwort nicht hören. Der Vater ging gleich darauf weg.

Als meine Mutter mit Erich allein war, fuhr sie fort: „Erich, du bist mein Sohn und ich werde immer deine Mutter sein. Aber bitte tu uns allen den Gefallen und erwähne Josephs Namen nicht mehr vor dem Vater. Schaffst du das?"

---

34) elender Schweinehund

Erich entgegnet nichts.

„Bring doch die Vreni einmal mit zum Essen nach Hause. Gut?“, schlug die Mutter vorsichtig vor. Als Erich immer noch nichts sagte, wechselte die Mutter das Thema.

„Ich sage dir jetzt etwas und das sage ich nur dir“, meinte sie und wurde noch etwas leiser. „Solltest du jemals behaupten, ich hätte so etwas gesagt, dann werde ich es vor anderen abstreiten. Hast du mich verstanden?“

Stille.

„Es war der Johannes Bernald.“ Sie ließ die Worte kurz im Raum stehen. „Die Bernalds stammen zwar aus Schlins, aber jetzt leben sie in Bregenz und sie haben dort Freunde bei der Gendarmerie, beim Gericht, in der Verwaltung. Es ist wohl keine Kunst, jemanden zu finden, der behauptet, er habe den Bernald am Tag, als der Walter ermordet wurde, am Bodensee gesehen. Es ist wohl auch nicht so schwer, auf einen Abschiedsbrief drauf zu schreiben, dass er in Bozen geschrieben worden sei. Für die Bregenzer Bernalds ist Schlins weit weg. Denen ist es egal, wie es uns hier im Walgau geht, Hauptsache, deren Leben am Bodensee geht so weiter wie bisher.“

Bitter meinte Erich: „Oder es ist denen sogar recht, dass sie keinen Abnormalen mehr in der Familie haben.“

„Erich, wie du weißt, ist Walters Vater ein sehr guter Freund von deinem Vater. Es gibt kaum etwas Schlimmeres, als ein Kind zu verlieren und wir fühlen alle mit den Döblingers mit. Es ist schon so viel Leid in diesem grauenhaften Krieg passiert, der noch keine acht Jahre vorbei ist. Wir hatten gehofft, alles Schreckliche hinter uns lassen zu können.“

„Und dann habt ihr so einen Sohn wie mich.“ Die tiefe Kränkung in Erichs Stimme machte mich traurig.

„Wir werden nicht mehr davon sprechen, hörst du? Nicht

mehr vom Joseph und schon gar nicht mehr vom Bernald. Nie wieder!", verlangte die Mutter und ich konnte an ihren Schritten hören, dass sie meinen Bruder allein vor der Kammertür stehen gelassen hatte.

In den darauffolgenden Tagen fragte ich mich immer wieder, ob das gesamte Dorf meine Mutter gehört hatte, als sie von meinem Bruder verlangt hatte, er solle über den Mörder kein weiteres Wort verlieren. Oder war meine Mutter von Tür zu Tür gegangen und hatte der Schlinser Bevölkerung gut zugeredet, sie sollten besser schweigen als reden? Ich konnte mir nicht erklären, warum niemand über diese Hexengestalt, über diesen Bernald, redete.

Walters Beerdigung war nicht traurig, sie war unsäglich. Ich stand hinten in der übervollen Schlinser Kirche und versuchte die Worte des Pfarrers zu hören. Doch auch er verlor kein Wort über den Mörder.

Es waren inzwischen drei Wochen vergangen, seit man Walter gefunden hatte. Drei Wochen, seit die Leute mit hängenden Köpfen durch das Dorf huschten und wenn sie überhaupt miteinander redeten, dann hinter vorgehaltener Hand und mit gedämpften Stimmen. Hin und wieder ließ man die Kinder wieder allein durch die Straßen gehen, ich jedenfalls wurde weiterhin von Vreni auf den Schulwegen begleitet.

An diesem Morgen, als Erich mich wie jeden Tag Vreni übergab, da küsste er sie auf die Lippen. „*Du heasch era an Mutz gea.*“[35] Ich musste so laut kichern, dass mich beide verlegen ansahen und erröteten.

Im Weggehen drehte ich mich noch einmal zu Erich um. Ich sah Joseph, Erichs Freund und Begleiter, wie dieser wieder an derselben Hausecke auf ihn wartete.

Josephs Gesichtsausdruck ließ jedes Lächeln von meinen Lippen verschwinden. Er sah verzweifelt aus, wütend und traurig zugleich. Als Erich bei ihm angekommen war, wich alles Blut aus seinem Gesicht und er sah meinen großen Bruder kreidebleich an.

Ich sah, wie Erich mit ihm sprach, wie er versuchte, halbherzig mit Worten und Gesten etwas zu rechtfertigen und wie auch Erichs Haut immer fahler und seine Gesten immer weniger wurden.

Joseph schien seine Worte gar nicht zu hören, denn er schüttelte sachte seinen Kopf und spuckte dann plötzlich aus. Er spuckte meinem Bruder ins Gesicht. Erich hielt in seiner Bewegung inne. Sein Gegenüber stierte ihm provozierend in die Augen. Erich hob beide Hände, eine Erklärung suchend, und vergaß dabei offensichtlich, sich den Speichel aus dem Gesicht zu wischen. Der andere spuckte noch einmal vor meinem Bruder auf den Boden, bevor er diesen stehen ließ und verschwand.

An diesem Abend kamen sie meinen Bruder Erich holen. Die beiden Gendarmen, die Vreni und ich bei den Hausbesuchen

35) Du hast ihr einen Kuss gegeben.

gesehen hatten, klopften an unsere Haustür. Ich war derjenige, der ihnen aufmachte. Hinter ihnen waren zwei wichtig erscheinende Männer in knielangen Mänteln. Sie verlangten Erich zu sehen.

Als die Männer in unserer Stube standen und meinen Eltern und Erich erklärten, dass sie ihn wegen des dringenden Verdachts, Walter Döblinger ermordet zu haben, festnehmen würden, da begannen sich die Wände zu bewegen. Ich hörte, wie Erich beteuerte, dass das ein Irrtum sein müsse. Er habe sicher nichts mit dem Mord zu tun. Er würde sich niemals an kleinen Jungen vergreifen und er sei die ganze Zeit auf dem Musikfest gewesen. Es gäbe genug Leute, die dies bezeugen könnten, wie sein Freund Joseph zum Beispiel. Sie wären die ganze Zeit zusammen gewesen.

Dann meinte einer der beiden Männer in knielangem Mantel, dass eben dieser Joseph bei der Gendarmerie eine Aussage getätigt habe, die Erich schwer belaste, nämlich dass sich Erich sehr wohl für Jungen interessiere und dass Erich eine ganze Stunde lang nicht auf dem Musikfest gewesen sei.

Die sich rasch ausdehnenden und wieder zusammenziehenden Wände unserer Stube lösten in mir ein Schwindelgefühl aus und ich verspürte das dringende Bedürfnis, mich auf den Fußboden zu setzen. Doch mein Körper gehorchte mir nicht mehr und so blieb ich stehen. Außer mir schien niemand die lebendig gewordenen Wände wahrzunehmen. Einer sah düsterer aus als der andere und Erich - der wandte seinen Blick noch einmal zu Mutter und Vater: „Es ist nicht wahr", sagte er bestimmt. „Ich bin kein Mörder. Der Joseph lügt. Er ist eifersüchtig auf die Vreni."

Vor den sich bewegenden Wänden schien mein Vater immer größer zu werden und immer grauer, als ob er sich in einen

Felsen verwandelte, während meine Mutter immer kleiner zu werden schien und weicher, als würde sie wie eine Pflanze verwelken.

Erich ließ sich von den Beamten abführen. Ich konnte noch einmal in seine Augen sehen und es war, als wäre jedes Licht darin erloschen.

Ein Faible für Vögel

„*Des isch jo fürchtig!*“[36], sagte Gertraud.

„Obwohl den Döblingers und noch einigen anderen sehr wohl bekannt war, dass Erich unschuldig ist, hatte er keine Chance“.

„Was ist danach passiert?“, wollte Saskia wissen.

„Bei der Hauptverhandlung in Feldkirch wurde Erich aufgrund vieler Ungereimtheiten freigesprochen. Beweismittel waren verschwunden, das Taschentuch des Mörders, mit dem der Junge geknebelt worden war, war inzwischen gewaschen worden.“

„Gewaschen!“, empörte sich Saskia.

„Dass die Familie Bernald das arrangiert haben musste, kann sich ja wohl jeder denken“, schlussfolgerte Şen.

„Was manche Leute machen, um ihren Ruf zu schützen, ist so unglaublich, dass ich es bis heute nicht verstehen kann.“

„Was ist aus deinem Bruder geworden?“

„Die Staatsanwaltschaft meldete Berufung an und es gab einen zweiten Prozess in Innsbruck. Dabei wurde Erich zu lebenslanger Haft verurteilt. Mein Bruder saß 32 Jahre, acht Monate und 20 Tage im Gefängnis. Josephs Aussage belastete ihn schwer. Er schrieb sein Leben lang Briefe an Walters Eltern, an Politiker, an Rechtsanwälte, Zeitungen und sogar an den Bundespräsidenten. Er wollte nur eines: Seine Unschuld beweisen und seinen Namen reinwaschen.“

---

36) Das ist ja fürchterlich!

„Und?“, wollte Martha wissen.

„Walters Eltern haben ihm von Anfang an geglaubt. Walters Vater war sogar beim Prozess in Innsbruck dabei. Er war erschüttert, als er zurück nach Schlins kam. Die Döblingers haben sich immer wieder und auch öffentlich hinter Erich gestellt und gesagt, dass er es nicht war.“

„Wenn ihm sogar die Eltern des Mordopfers glauben, dann muss es doch auch andere geben, die ihn unterstützen“, wollte Gertraud wissen.

„Einmal, nachdem er bereits aus der Haft entlassen worden ist, nach über 32 Jahren, da ist ein Journalist zu ihm gekommen und hat ihn interviewt. 1987 ist ein Artikel erschienen, der ihn als zu Unrecht verurteilt dargestellt hat, aber das war auch schon alles.“

„Ich kann es gar nicht glauben“, meinte Gertraud und nahm Augusts Hand in die ihre. „Wie geht es deinem Bruder jetzt?“

„Er ist vor einigen Jahren gestorben.“

„Glaubst du, es gibt einen Zusammenhang zwischen dem Mord an Walter Döblinger im Jahre 1953 und dem Mord an Hildegard Engel, fast 70 Jahre später?“, fragte Inspektor Christian Schwärzler.

„Das ist unwahrscheinlich“, antwortete Finster und sah von seinem Computerbildschirm auf.

„Ich kann es mir auch nicht vorstellen“, meinte Fleur Günther.

„Ich verstehe nur nicht, warum es nicht möglich war, einen Unschuldigen vor dem Gefängnis zu bewahren. In diesem Fall war doch die Beweislage offensichtlich manipuliert worden. Wie kann so etwas passieren?“

„Das waren damals andere Zeiten. Der Krieg war nicht einmal ein Jahrzehnt vorbei und alle hatten ihn noch im Gedächtnis. In dieser Zeit hast du Schweigen gelernt. Das hat meine Mutter immer wieder gesagt. Wer nicht genau wusste, wann er zu schweigen hatte, hat nicht lange überlebt. Und in einer kleinen Gemeinde wie Schlins, wo sich alle kannten, hat man einfach den Mund gehalten."

„*Des ka i gär ned globa!*"[37] Schwärzler war entsetzt. „In einem Rechtsstaat darf so etwas nicht vorkommen! *Des isch jo zum Schämma.*"[38]

„Ja, das ist es. Damals war die Demokratie noch jung. Die Leute hatten mehr Übung im Angst haben, im Hungern und im Sich-Verstecken als in der Beteiligung an demokratischen Prozessen."

Finster begab sich ins Verhörzimmer, wo August Engel bereits wartete. Er war sich nicht sicher, ob er ihn siezen oder duzen sollte. Er entschloss sich zum Du, da dies in Vorarlberg ohnehin immer mehr zum guten Ton gehörte.

„*Seavas*"[39], begrüßte er den alten Herrn. „Ich weiß, dass das nicht leicht ist, aber wir müssen die Ereignisse von gestern noch einmal durchgehen und die Aussage wird protokolliert. In Ordnung?"

„Ist in Ordnung. Stellen Sie Ihre Fragen, Herr Inspektor."

---

37) Das kann ich gar nicht glauben.

38) Das ist beschämend.

39) Servus; Hallo (informelle Begrüßung)

Verdammt! Er hätte sich doch für das Sie entscheiden sollen und ihn mit *Grüß Gott* begrüßen. Er würde ihm das Du nach dem Interview anbieten, im Moment schien es unpassend. Finster schaltete das Aufnahmegerät ein.

„Glauben Sie", fing August Engel unaufgefordert an zu sprechen, „dass der Fall von 1953 mit diesem Todesfall in Verbindung steht? Ich meine … könnte es sein, dass der Bernald zurückgekommen ist?"

Die Frage überraschte Finster: „Na ja, Sie haben den Mann in schwarzen Frauenkleidern damals beim Musikfest gesehen. Wie alt haben Sie ihn eingeschätzt?"

„Schwer zu sagen. Ich war noch ein Kind. Ich kann mich nur erinnern, dass mir sein Gesicht unheimlich war. Ich habe schon einige Falten bemerkt. Aber eine Alterseinschätzung kann ich im Nachhinein nicht machen. Tut mir leid."

„Gut, nehmen wir einmal den Extremfall an und sagen, er war damals 20 Jahre alt – was ich als viel zu jung einschätze. Jedenfalls müsste er dann heute etwa 90 sein. Höchstwahrscheinlich wäre er aber eher 100 oder älter. Es wäre äußerst bemerkenswert, wenn ein Hundertjähriger die Tat begangen hätte. Außerdem hat er sich 1953 das Leben genommen."

„Wissen Sie das mit Bestimmtheit? Hat sich Johannes Bernald wirklich 1953 in Pettneu im Tirol erhängt?", August Engel wurde unruhig.

„Die Tiroler Kollegen werden mir die Akten von damals schicken. Wieso bezweifeln Sie, dass der Mörder von damals tot ist?"

„Wissen Sie, … ich weiß auch nicht … wir Kinder von Schlins haben uns damals für den Rest unserer Kindheit vor der schwarzen Frau gefürchtet. Gestern, als ich Traudl mein Heimatdorf zeigen wollte, als wir oben bei der Burg waren, da war sie wieder da, die Hexe von damals."

Finster horchte auf.

„Ich habe sie gesehen, genau wie damals, ganz in schwarz, nur dieses Mal hatte die Person eine enganliegende Hose an. Das kantige, grobschlächtige Gesicht war weiß und bleich und die Lippen stark rot geschminkt. Die gekreuzten Arme hielten etwas kleines Weißes vor der Brust und unter der schwarzen Kapuze hingen rechts und links lange braune Haare hervor. Die Person hatte einen männlichen Körperbau. Es war ein sehr junges Gesicht, aber genauso unheimlich wie das von Bernald damals im Wald. Er sah mir kurz in die Augen und mich überkam diese alte Angst. Dann verschwand er hinter der Burgmauer. Gertraud hat ihn auch erblickt. Und als sie das meinen Cousinen erzählte, da konnte ich ihnen ansehen, dass wir dasselbe dachten.

Wenn ich es recht bedenke, kann es in der Tat nicht der Bernald selbst gewesen sein. Es tut mir leid, dieses Ereignis hat mich ganz durcheinandergebracht."

Finster ermunterte ihn weiterzuerzählen. Doch alles Weitere war eine Wiederholung dessen, was er bereits wusste und gehört hatte.

Die Befragung in der Stiftung Jupident ergab nichts. Der Direktor der PAEDAKOOP erwähnte allerdings, dass ein 17-jähriger Schüler seit den Morgenstunden nicht mehr gesehen worden war. Er wolle noch ein wenig warten, denn der besagte Jugendliche, Justin Leonhardsberger, sei schon öfters für mehrere Tage am Stück abgängig gewesen. Jedes Mal war er entdeckt und ins Heim zurückgebracht worden. Fleur Günther bat, das Zimmer von Justin sehen zu dürfen.

„Gibt es zufällig jemanden hier, der ein Faible für Vögel hat?", wollte sie wissen. „Besonders Vogelknochen und Vogelschädel?"

Dem Direktor war nichts bekannt.

„Und wie sieht es mit satanischen Kulten oder Ähnlichem aus?"

Auch dazu hatte der Schulleiter nichts zu sagen.

„Gibt es jemanden, der besonders gern Kirschen isst, oder in letzter Zeit Kirschen gegessen hat, obwohl sie im November schwer zu bekommen sind?"

„Kirschen?", überlegte der Direktor. „Da müsste ich die Renesmee Bock erwähnen. Renesmee ist 15 Jahre alt und seit etwa einem Jahr bei uns."

„Und?"

„Ja, also … sie ist ein schwieriger Fall. Die Eltern des Mädchens wollten sie immer glücklich machen und haben deswegen versucht, ihr jeden Wunsch von den Augen abzulesen. Sie haben alles gemacht, was Renesmee verlangt hat, denn sie wollten ihr jede schmerzliche Erfahrung im Leben ersparen. Das müssen Sie sich in etwa so vorstellen, dass die Eltern, wenn das Kind um drei Uhr nachts Lust auf eine Pizza hatte, alles getan haben, um eine Pizza zu besorgen oder selbst eine zu backen. Es wurden ihr nie Grenzen gesetzt. Das Kind wurde immer unzufriedener und frustrierter und drückte diese Frustration auch aus. In der Schule ging es erstaunlich lange gut, da sie ein intelligentes Mädchen ist und anfänglich gute Noten schrieb. Je älter sie aber wurde, desto mehr häuften sich Noten, die keine Einser waren. Da sie Renesmees Ausbrüche nicht mehr erdulden wollten, wandten sich die Mitschülerinnen und Mitschüler immer mehr von ihr ab.

Die Eltern Renesmees brachten die Lehrpersonen, die

Schulleitung und den Elternverein in einem persönlichen Kreuzzug an den Rand der Verzweiflung. Schließlich warf Renesmee in der Schulkantine mit Besteck um sich, wobei eine Gabel im Arm einer Kantinenmitarbeiterin stecken blieb. Seither ist sie hier und muss langsam und schmerzlich jenen Lernprozess nachholen, den sie im Alter zwischen zwei und vier hätte durchlaufen sollen. Jedes Mittagessen ist eine Herausforderung. Sie hat verstanden, dass sie mit Besteck nicht mehr werfen darf, ansonsten muss sie mit den Fingern essen."

Schwärzler sah den Direktor ebenso ausdruckslos an, wie Fleur Günther es tat. Dann fragte er: „Und Renesmee Bock mag Kirschen?"

„Ja, ihre Eltern bringen ihr immer wieder Kirschen mit. Sie teilt die Kirschen mit niemandem. Das wäre dann einer der weiteren Schritte in ihrer Entwicklung, nämlich dass sie etwas, das sie für wertvoll oder begehrenswert hält, mit anderen teilt. Dann wäre sie auf der emotionalen Stufe eines Volksschulkindes angekommen. Aber davon ist sie noch weit weg."

„Wenn ich das richtig verstehe", hakte Schwärzler nach, „dann haben die Eltern, die ihre Tochter glücklich machen wollten, genau das Gegenteil erreicht und sie zu einem Menschen gemacht, der in unserer Gesellschaft nicht funktioniert."

„Genau", bestätigte der Direktor. „Ah, Marianne …"

Eine Frau mittleren Alters betrat das Büro.

„Das ist unsere Mitarbeiterin Marianne Svoboda.

Marianne, würdest du bitte den Polizeibeamten Justins Zimmer zeigen?"

„Renesmee würden wir auch gerne sprechen", fügte die Abteilungsinspektorin hinzu, „und auch deren Zimmer sehen, wenn das geht."

„Wir werden es versuchen."

Nach Gertraud Keller, die dem Chefinspektor nichts Neues erzählen konnte, war Margot Zimmermann an der Reihe. Finster bemerkte, dass ihre Hand zitterte, als sie ein Taschentuch aus der Handtasche kramte und an die Nase führte. Er bat sie, die gestrigen Ereignisse zu beschreiben.

„Wissen Sie“, fing Margot Zimmermann zögerlich an, „dass Hildegard nicht mehr zurückkommen wird, ist noch unbegreiflich für mich. Wir machen alles zusammen, gehen gemeinsam auf Urlaub, sind füreinander da und verbringen einfach viel Zeit miteinander.“

Sie stockte.

„Jedenfalls“, sie atmete tief ein, bevor sie weitersprach, „hat sich der Gustl seit Langem wieder einmal bei uns gemeldet. Wir haben uns sehr gefreut. Er hat von Traudl erzählt, wollte sie uns vorstellen und ihr Schlins und die Umgebung zeigen. Deshalb haben wir uns auf dem Grasplatz hinter der Ruine Jagdberg verabredet. Wir konnten aber nicht sicher zusagen, da Hildegard zuvor noch einen Arzttermin hatte.“

„Was war das für ein Arzttermin?“

„Sie musste zur Kontrolle wegen ihres Diabetes. Aufgrund ihrer Zuckerkrankheit musste sie später im Wald *bisla go*[40]. Dieser erhöhte Harndrang ist typisch für Diabetiker …“, Margot wurde leiser. „Es scheint fast so, als hätte der Diabetes sie umgebracht. Sie hat sich immer vor dieser Krankheit gefürchtet. Nach außen hin hat sie sich gern stark gegeben und in Selbstspott alles zu relativieren versucht. Aber das Altern und der

---

40) pieseln, Wasser lassen

Diabetes haben ihr Sorgen bereitet. Wenigstens ist es schnell gegangen und es ist ihr so einiges erspart geblieben. Das tröstet mich. Auch wenn sie mich allein zurückgelassen hat."

„Ist Ihnen auf dem Weg zur Burg oder während des Spaziergangs zum Spielplatz irgendetwas Ungewöhnliches aufgefallen?"

„Lassen Sie mich überlegen. Wir sind vom Oberdorf her gekommen und über den Burgweg und dann den Fußpfad auf der Nordseite des Burghügels hinaufgestiegen. Hildegard und ich haben während des Aufstiegs über Gustl geredet. Wir haben uns gefragt, wie es ihm wohl geht und uns gefreut, dass er nach so langer Zeit wieder jemanden gefunden hat. Als wir Gustl und Traudl getroffen und begrüßt hatten, erwähnten sie eine schwarz gekleidete Gestalt, die im Wald verschwunden war. Ich bin mir sicher, dass sowohl Hildegard als auch Gustl an die schwarze Frau von früher gedacht haben. Uns waren dieser Wald und der Stadel, in dem man den Buben damals gefunden hatte, immer noch unheimlich. Den Stadel hat man abgerissen, weil so viele Leute dorthin gegangen sind, um ihn anzusehen."

„Sensationstourismus?"

„So könnte man das auch sagen", fuhr sie fort, „früher meinte man einfach ‚*Es sin boda viel Lüt ge luaga ko*'.[41]"

„Wer war der Mörder des Jungen?", fragte der Chefinspektor, um herauszufinden, was Margot Zimmermann wusste oder zu wissen glaubte.

„Na der Bruder vom Gustl, Herr Inspektor. Ich bin erstaunt, dass Sie das nicht wissen. Der Erich Engel wurde ja deswegen ins Gefängnis gesteckt. Der Erich hat sich anscheinend für Jungs

---

41) Es kamen recht viele Leute, um sich umzuschauen.

interessiert, wenn Sie wissen, was ich meine. Das stand auch in der Zeitung. Aber wir haben in der Familie nie darüber gesprochen. Unsere Mutter hat uns strikte Anweisung gegeben, nicht über den Mord zu sprechen. Schon gar nicht mit dem Gustl, denn der habe schon genug mitgemacht. Und ich muss gerade feststellen, dass ich tatsächlich nie darüber gesprochen habe, nicht mit dem Gustl, nicht mit meiner Schwester, mit niemandem. Auch wenn jemand anderer den Mord erwähnte, sagte ich nichts dazu und hoffte, dass das Thema möglichst bald gewechselt würde. War das ein Fehler?"

„Das kann ich nicht beurteilen", meinte Finster. „Können Sie sich an eine gewisse Vreni erinnern?"

„Vreni? Meinen Sie Veronika Walser?"

„Eine junge Frau, die 1953 öfters auf August aufgepasst hat."

„Ja, natürlich kann ich mich erinnern. Sie hat später geheiratet und ist nach Schnifis gezogen. Wieso? Was ist mit Vreni?"

„Wie alt ist sie jetzt? Wo lebt sie?"

„Soweit ich weiß, ist sie immer noch in Schnifis. Aber wie es ihr geht, weiß ich nicht. Sie muss jetzt Anfang 80 sein, glaube ich. Jedenfalls habe ich keine Todesanzeige in der Zeitung gesehen oder gehört, dass sie gestorben sei."

„Und Joseph, Erich Engels ehemaliger Freund? Wissen Sie etwas über ihn?"

„Nein."

„Können Sie sich irgendeinen Grund vorstellen, warum jemand ihre Schwester töten wollte?"

Die Frage schockierte die alte Dame sichtlich.

„Nein, Herr Inspektor, das kann ich mir beim besten Willen nicht vorstellen. Sie hat nie jemandem etwas zuleide getan. Zugegeben, sie hatte manchmal eine recht derbe Art, nahm sich kein Blatt vor den Mund. Sie konnte fluchen *wia an*

Rosskneacht[42], wenn sie sich über jemanden ärgerte. Hildegard war aber viel öfter lustig als sonst etwas und lachte gern."

„Es gibt also niemanden, der ihr gegenüber einen Groll hegte, den sie vielleicht mit ihren Schimpftiraden vor den Kopf gestoßen oder im Scherz beleidigt hätte?"

„Mir fällt niemand ein, Herr Inspektor", meinte Margot Zimmermann, doch er sah, dass sie nachzudenken begann. Er gab ihr etwas Zeit.

„Glauben Sie wirklich, dass ihr Tod kein Unfall war, sondern dass ihr jemand aufgelauert hat?"

„Wir wissen noch viel zu wenig, um etwas Konkretes zum Tod ihrer Schwester sagen zu können. Gibt es sonst noch etwas, auch wenn es noch so unwichtig erscheint, das uns irgendwie weiterhelfen könnte?"

Sie dachte nach.

„Vielleicht die Krähe", sagte sie zögerlich.

„Die Krähe?"

„Letztes Jahr um diese Zeit hing eine tote Krähe vor Hildegards Haustür."

„Aha?"

„Hildegard hat sich – wie üblich bei solchen Vorfällen – ausgiebig aufgeregt. Das Tier war an beiden Beinen mit einer Plastikschnur kopfüber an Hildegards Briefkasten gehängt worden. Sie dachte an einen Streich und beschwerte sich über die Jugend von heute, und beschloss, dass sie eine Kamera vor ihrer Haustür installieren werde. Aber dann hat sie über die Idee mit der Überwachungskamera schon wieder gelacht und das Ganze bald vergessen."

„Sie hat also keine Vermutung geäußert, wer dahinterstecken könnte?"

---

42) wie ein Pferdeknecht

„Nein, es war offensichtlich, dass sie keine Ahnung hatte, wer das getan haben könnte. *Mir hon denkt, dass oanr an Featza ka heat*[43]. Wir dachten an Jäger, die in ihrem Hochstand einen über den Durst getrunken und auf dem Nachhauseweg nichts Besseres zu tun hatten, als anderen Leuten tote Krähen an die Briefkästen zu hängen."

„Was ist mit der Krähe geschehen?"

„Hildegard hat sie in den Restmüll gegeben."

„Und es war nur ein toter Vogel? Es war nichts Außergewöhnliches an dem Tier?"

„Wie meinen Sie das?"

„Ihr sind keine Federn ausgerissen worden oder Ähnliches?"

„Nein, es war eine ganz normale Krähe – schwarz wie die Nacht von oben bis unten, alles sah so aus, wie eine Krähe eben aussieht, alles war dran, Flügel, Federn, alles."

„Vielen Dank. Wenn Ihnen sonst nichts mehr einfällt, dann können Sie jetzt gehen. Noch einmal mein Beileid."

Während Schwärzler und Fleur Günther Justin Leonhardsbergers Kleiderschrank und die Schreibtischschubladen untersuchten, wartete die Erzieherin, Marianne Svoboda, im Türrahmen und sah ihnen zu.

„Er scheint Regenbögen zu mögen", meinte Fleur Günther und deutete auf zwei Regenbogenflaggen, die über dem Bett hingen, sowie auf eine große Anzahl an Postkarten, Fotos und

43) Wir dachten, dass jemand betrunken war / einen Fetzen (Rausch) gehabt hat.

Zeichnungen, die sich überall im Zimmer befanden.

„Ja, er ist unser überzeugtester Vertreter der LGBTQIA Bewegung", antwortete die Erzieherin.

Um sich keine Blöße zu geben, betrachtete die Polizistin die Flaggen und Bilder in der Hoffnung, dass LGBTQIA und dessen Erklärung irgendwo zu finden sein würde. Eine der Postkarten gab die volle Bedeutung der Abkürzung wieder: Lesbian, Gay, Bisexual, Transgender, Queer/Questioning, Intersex, Asexual or Allied.

„Was genau heißt das? Ist Justin schwul?", fragte sie unverblümt.

„Diese Frage lässt sich nicht so einfach mit Ja oder Nein beantworten. Ich glaube, die beste Antwort lautet: Er beziehungsweise sie ist auf der Suche nach einer *gender identity*. Manchmal möchte sie, dass sie ‚Justine' genannt wird", dabei sprach Marianne Svoboda den Namen französisch aus, „aber das ändert sich immer wieder. Justin fühlt sich manchmal als Mann, manchmal als Frau. Das ist nicht leicht."

„Jedes Kleidungsstück in diesem Schrank ist schwarz."

„Das ist das Markenzeichen von Justin beziehungsweise Justine: schwarze Kleidung, roter Lippenstift."

„Und er liest Literatur zum Thema Wikinger", Fleur Günther wies auf ein Regal über dem Bett.

„Wikinger, Germanen, Kelten ... Sachbücher und Fantasy-Romane."

„Ist Justin gewalttätig?", fragte die Inspektorin, als sie einen mit einem scharfen Messer zugespitzten Buntstift aus einer Schublade nahm. Er sah eher wie ein Spieß als wie ein Farbstift aus.

„Wenn, dann richten sich seine Aggressionen gegen sich selbst. Er beziehungsweise sie hat sich immer wieder Schnittwunden zugefügt. Arme und Beine weisen viele Narben auf. Ich mag Justin und er tut mir leid, wenn er wieder einmal auf schmerzliche Weise an sich selbst zweifelt und sich fragt, ob er eine Existenzberechtigung auf diesem Planeten hat. Beziehungsweise sie …"

„Es gab also keine Vorfälle, in denen er anderen Gewalt zugefügt hat?"

„Nein, soweit ich weiß, nicht. In brenzligen Situationen neigt er dazu, sich zurückzuziehen oder wegzulaufen."

„Und wohin geht er, wenn er ausreißt?"

„Manchmal kommt er nach ein oder zwei Tagen von selbst zurück. Manchmal bringt ihn die Polizei zurück. Einmal wurde er am Bregenzer Hafen aufgegriffen, ein anderes Mal in einem Heuschober bei Übersaxen. Er ist auch in eine Jagdhütte eingebrochen und hat sich dort zwei Wochen versteckt. Ja, und dann war da noch der Vorfall, bei dem er mehrere Tage am Dachboden der Schlinser Turnhalle übernachtet hat. Es ist jedes Mal anders."

„Er kommt aber immer wieder hierher zurück?"

„Bis jetzt schon. Aber man kann natürlich nie wissen. Wir bemühen uns sehr um ihn."

„Was ist mit seinen Eltern? Bemühen die sich auch?"

„Als Justin sechs Jahre alt war, hat sein Vater eine Reise nach Tschechien unternommen. Seither gilt er als vermisst. Seine Mutter ist immer wieder auf Alkoholentzug. Auf sie kann er nicht zählen."

„Gibt es Probleme mit den anderen Schülerinnen und Schülern?", wollte Schwärzler wissen und untersuchte einige Kugelschreiber und Bleistifte sowie eine schwarze Feder mit angespitztem Kiel, die allesamt in einem Totenschädel aus Kunststoff steckten. Auf dem Hinterkopf des Schädels saß ein blauschwarzer Rabe und auf den Kieferknochen war ‚*Edgar Allan Poe*‘ und ‚*The Raven*‘ zu lesen.

„Es kam öfters vor, dass andere ihn gedisst haben.“

„Was?“ Fleur Günther war dieser Ausdruck nicht geläufig.

„Er wurde gemobbt“, brummte Schwärzler.

„Unter anderem wurde seine Zimmertür mit den Worten ‚schwules Opfer‘ beschmiert. Danach ist er wie üblich weggerannt und hat sich in besagter Jagdhütte versteckt.“

„Wo war er gestern Nachmittag?“

„Das weiß ich leider nicht. Ich hatte gestern Nachmittag frei.“

„Wir werden es herausfinden.“ Die Polizistin bat nun Renesmees Zimmer besichtigen zu dürfen.

Das Zimmer des Mädchens war ein einziges Chaos. Kleider, Handtaschen, Schminkutensilien, Verpackungen von Keksen, Chips und Schokolade sowie einige Bücher lagen auf den Möbeln und bedeckten den gesamten Boden.

„Wir probieren“, meinte Frau Svoboda entschuldigend, „im Moment folgende Strategie: Renesmee muss Eigenverantwortung zeigen. Wir haben schon verschiedene Methoden versucht, wie wir sie dazu bringen könnten, ihr Zimmer in Ordnung zu halten und eine gewisse Wertschätzung für persönliche Gegenstände aufzubringen. Bisher hat nichts funktioniert. Jetzt wird ihr Zimmer nicht mehr aufgeräumt. Wir fordern sie nur in regelmäßigen Abständen dazu auf und bieten unsere Hilfe an. Sie bekommt auch keine neuen Sachen mehr. Wenn ihre Eltern neue Kleidung bringen, sperren wir diese Sachen in ein Depot.“

Schwärzler stakste naserümpfend über den von vielen Stoffschichten bedeckten Fußboden. Es knisterte und knackste immer wieder, wenn er den Fuß aufsetzte. Die Türen des Kleiderschranks standen offen. Im oberen Fach befand sich nichts und auch die Bügel an der Stange waren leer. Dafür lag ein Berg von Textilien am Boden des Schranks, der aussah, als wäre ein Fluss aus getragenen Kleidungsstücken ins Zimmer geströmt.

„Renesmee hat ihre sexuelle Identität schon gefunden“, sagte der Polizist und deutete auf rote Reizwäsche, die auf dem Textilienberg lag.

„Bei Renesmee liegt das Problem eher darin, dass wir Schwierigkeiten haben, den Eltern und ihr klarzumachen, dass man nicht alles, was man in einem Werbespot sieht, kaufen muss. Diese Unterwäsche ist eindeutig nicht für ein so junges Mädchen geeignet.“

„Ihr Vorgesetzter sagte, Renesmee möge Kirschen.“

„Ihre Eltern bringen ihr jede Woche frische Kirschen, da sie am liebsten Kirschen isst. Sie scheuen keine Mühen, Kirschen zu besorgen. Auch hier versuchen wir gegenzusteuern, denn das Mädchen muss lernen, das zu essen, was bei uns auf der Speisekarte steht.“

„Wann hat sie das letzte Mal Kirschen bekommen?“

„Vorgestern.“

„Wäre es möglich, dass sie Justin eine Kirsche geschenkt hat?“

„Das würde mich außerordentlich freuen, wenn sie das getan hätte. Wir üben mit ihr, dass Teilen etwas Erstrebenswertes ist. Bis jetzt habe ich noch nicht erlebt, dass sie etwas hergibt.“

„Kann es sein, dass ihr jemand die Kirschen gestohlen oder abgenommen hat?“

„Das ist möglich. Aber Renesmee neigt – ganz im Gegensatz zu Justin – durchaus zu Aggression und würde sich nicht so einfach die Kirschen wegnehmen lassen.“

Schwärzler hielt seiner Kollegin triumphierend ein weißes Etwas entgegen, das er mit einem Kugelschreiber aufgehoben hatte. Wortlos betrachtete sie das Objekt und kramte ein

Beweismittelsäckchen aus ihrer Jackentasche.

„Was ist denn das? Ich hoffe, das ist nicht hier herinnen gestorben."

„Ich vermute, dass es sich um den Schädel einer Krähe handelt. Der Schnabel ist schwarz."

Die beiden Beamten manövrierten den Tierschädel in den Plastikbeutel.

„Er war am Bettrand zwischen ein paar Socken, T-Shirts und der Wand versteckt. Der Schnabel hat herausgelugt, sonst wäre mir der Schädel nicht aufgefallen."

„Ich fürchte", Fleur Günther klang noch ernster als gewöhnlich, „wir müssen das gesamte Zimmer leerräumen und nach weiteren Spuren suchen. Haben Sie einige Müllsäcke, die wir zum Transport von Renesmees Sachen verwenden können?"

Verunsichert sah die Erzieherin die Polizeibeamtin an: „Würden Sie ihr das bitte selbst sagen? Ich möchte nicht die Überbringerin dieser Nachricht sein."

Inspektor Umut Yildiz und Inspektorin Erika Fetz von der Polizeidienststelle Satteins hatten sich bereits bei einigen Haushalten im Schlinser Oberdorf erkundigt, ob die Leute etwas beobachtet hätten. Bisher war die Befragung erfolglos verlaufen.

Sie klingelten am letzten Haus in der Kirchstraße, das sich direkt am Waldrand befand. Eine junge Frau mit einem Babybauch öffnete den Beamten die Türe. Ja, meinte sie freundlich, ihr wäre am Vortag etwas aufgefallen. Sie arbeite im Moment im Homeoffice und verwies auf das Fenster direkt neben der Haustür. Von dort aus sehe sie jeden, der vorbeigehe, was sich im Regelfall auf die üblichen Hundespaziergänger und Waldarbeiter sowie den Jäger samt seinem Gehilfen und bei schönem Wetter auf ein paar Wanderer beschränke. Am Vortag aber seien drei ungewöhnliche Leute vorbeigegangen. Die erste Person, die in den Wald hineinspaziert war, war eine alte Frau. Sie sei langsam und schräg auf einen Stock gestützt gegangen und habe sehr – sie suchte nach einem Wort und entschied sich dann für ‚instabil' - ausgesehen. Sie habe sich überlegt, ob sie rausgehen und der alten Dame ihre Hilfe anbieten sollte. Die Zeugin konnte sich nur an den ungefähren Zeitpunkt am späten Vormittag erinnern. Die beiden Polizisten stellten fest, dass das mehrere Stunden vor dem Tatzeitpunkt gewesen sein musste.

Nach dem Mittagessen, nachdem sie sich wieder an ihren Schreibtisch gesetzt hatte, gingen zwei junge Leute vorbei. Der Größere der beiden war schwarz gekleidet und trug schwarze Handschuhe. Aufgefallen waren ihr sein langes, braunes Haar sowie der rot geschminkte Mund in dem männlichen Gesicht. Begleitet wurde er von einem molligen Mädchen in einem rot karierten, mit silbernen Metallketten behängten Schottenrock. Dazu trug sie rosa Netzstrümpfe, feste Schuhe mit Leopardenmuster und ein mit Spitzen besetztes, cremefarbenes Unterhemd.

Die beiden Teenager unterhielten sich und er hielt etwas in den Händen, das er dem Mädchen zeigte und ihr detailliert erklärte. Die Zeugin hatte das Objekt aber nicht genau erkannt. Sie glaubte, es habe ein wenig wie der Schädel eines Vogels ausgesehen.

Fleur Günther beschloss, ihre bisher erfolgreichste Verhörtaktik auch bei diesem Mädchen anzuwenden. Die große kräftige Frau würde ihre Erscheinung auf die Befragte wirken lassen. Sie und Schwärzler hatten im Zimmer des Mädchens keine weiteren Tierschädel oder Körperteile von Vögeln gefunden, dafür jede Menge Kirschkerne, die achtlos zwischen die Kleidung geworfen oder gespuckt worden waren. Außerdem fanden sie eine kleine mit Glitzersteinchen verzierte Dose, die weiße Kristalle enthielt – wahrscheinlich Crystal Meth.

Renesmee Bock betrat wortlos den Raum, den der PAEDAKOOP-Direktor den Polizisten zur Verfügung gestellt hatte. Das Mädchen ließ sich unaufgefordert auf einen Sessel plumpsen. Sie trug ein cremefarbenes Spitzentop, das ihre Speckwülste ungünstig betonte, kombiniert mit einem blau-weiß gestreiften Frottee-Höschen. Die fleischigen Beine steckten in rosaroten Netzstrumpfhosen und an den Füßen trug sie Flip-Flops.

„Heißen Sie Renesmee Bock?", begann Fleur Günther die Befragung.

Die Teenagerin zeigte keine Reaktion. Sie begann stattdessen mit einer Haarsträhne zu spielen, wobei der Polizistin ihre abgebissenen Fingernägel auffielen.

„Wie alt sind Sie?"

Keine Antwort.

„Kennen Sie Justin Leonhardsberger?"

Schweigen.

„Wo waren Sie gestern Nachmittag, zwischen 13 und 17 Uhr?"

Renesmee wechselte die Haarsträhne. Fleur Günther war sich nicht sicher, ob sie noch immer den muffelnden Geruch aus Renesmees Zimmer in der Nase hatte, oder ob das Mädchen selbst ungewaschen roch. Die Polizistin hatte jedenfalls nicht vor, sich ihr so weit zu nähern, dass sie dies mit Gewissheit feststellen konnte.

„Fräulein Bock, wir ermitteln hier in einem Mordfall. Wenn Sie nicht kooperieren, dann müssen wir Sie mit auf die Inspektion in Feldkirch nehmen."

Immerhin sah Renesmee der Polizistin nun in die Augen.

„Werden Sie unsere Fragen jetzt beantworten, oder müssen wir Sie mitnehmen?"

„Das könnt ihr nicht machen, ihr Bullenschweine, mein Vater macht euch fertig."

„Wenn wir in einem Mordfall ermitteln und es sich um tatverdächtige Personen handelt, dann können wir Sie sehr wohl mitnehmen", erklärte Schwärzler. „Schließlich wären Sie eine Gefahr für die anderen Schülerinnen und Schüler dieser Anstalt, wenn Sie in einen Mord verwickelt sind."

Sie schien zu überlegen.

„Ihr könnt mir gar nichts beweisen, ihr Arschlöcher!"

„Das", stellte Schwärzler trocken fest, „klingt nach einem Geständnis."

„Das ist überhaupt kein Geständnis. Ihr könnt mich mal!"

Sie verschränkte die Arme und trotzte wie ein kleines Kind.

„Die Vernehmungsperson zeigt sich äußerst unkooperativ."

Fleur Günther sprach von dem Mädchen, als wäre sie gar nicht da und machte sich einige Notizen. „Das wird natürlich im Protokoll vermerkt und lässt Sie in keinem guten Licht dastehen, wenn es zu einer Gerichtsverhandlung kommt. Außerdem wird wiederholte Beamtenbeleidigung im Protokoll festgehalten."

„Ich bin minderjährig. Ihr könnt mir gar nichts tun."

„Der Jugendrichter ist befugt, Sie in eine Jugendstrafanstalt einzuweisen."

Renesmee sah Fleur Günther in die Augen. Dann spuckte sie ihr ins Gesicht.

„Gut, das war's dann", polterte Schwärzler und legte dem Mädchen mit erstaunlicher Geschwindigkeit Handschellen an. Während seine geschockte Kollegin ein Taschentuch aus ihrer Jacke fingerte, führte er das fluchende und spuckende Mädchen ab. Fleur Günther erklärte der Erzieherin beim Hinausgehen, dass Renesmee in höchstem Maße unkooperativ und auch aggressiv sei und sie auf der Inspektion verhört werden müsse.

„Das hatte ich befürchtet", antwortete die Erzieherin und fügte leise hinzu: „Wir sind auch nicht böse, wenn Sie Renesmee länger behalten."

„*Was hon'dr denn do für a loade Bibla mitbrocht?*[44] Das Gekeife war so schrill, dass ich befürchtet hab', die Scheiben würden bersten."

Chefinspektor Finster sah grantig aus.

„Das war eine der anstrengendsten Autofahrten meines Lebens", murrte Fleur Günther, „und das, obwohl sie nur 20 Minuten gedauert hat."

Schwärzler bestätigte die Beschreibung seiner Kollegin: „Es war, als wären wir mit einer hungrigen und übermüdeten Zweijährigen unterwegs, die aber die Stimmbänder und die

44) Was habt ihr denn da für ein schlecht gelauntes Weibsbild mitgebracht?

Körperkraft einer Erwachsenen hat."

„Wir werden warten, bis sie sich beruhigt hat. Dann können wir einen weiteren Versuch starten, sie zu verhören."

„Ich würde gern das Verfassen des Protokolls von heute Vormittag übernehmen", meinte Fleur Günther, „und ich bringe dann auch die Müllsäcke mit Renesmees Sachen sowie das Döschen mit den Kristallen ins Labor."

Schwärzler verdrehte die Augen, denn das bedeutete, dass er das nächste Verhör mit Renesmee Bock führen sollte.

„Keine Sorge", beruhigte ihn sein Chef, „ich werde das Mädchen selbst befragen. Aber erst heute Abend. Davor möchte ich, dass wir beide dabei sind, wenn die Hunde nach Spuren suchen. Und Fleur: Bitte such nach einer Veronika Walser in Schnifis. Wir wissen nicht, ob sie noch lebt. Sie muss etwa 80 Jahre alt sein. Ich weiß zwar nicht, ob es für unseren Fall relevant ist, ich möchte aber wissen, was sie uns über den Mord an Walter Döblinger 1953 erzählen kann. Falls du sie findest, frag sie bitte auch nach diesem Joseph, der ausgesagt hatte, Erich Engel sei während des Musikfests in Schlins für einige Zeit abwesend gewesen."

„Mach ich."

„Wenn du im Labor bist, kannst du auch gleich nachfragen, ob der Obduktionsbericht fertig ist."

„Natürlich."

„Schwärzler, leite bitte eine Fahndung nach Justin Leonhardsberger ein. Wir müssen den Jungen finden!"

„Sagen wir besser ‚die Person' Justin Leonhardsberger", meinte Schwärzler.

„Auch recht. Und jetzt mach ich Mittagspause."

Finster trat aus der Inspektion, die sich in der Feldkircher Schmiedgasse befand, eine der drei Straßen in Feldkirch, wie Spötter gerne sagen. Natürlich gab es mehr als nur drei Straßen in der historischen Altstadt von Feldkirch. Ein paar sehr schmale Gässchen mitgerechnet, dürfte man auf … na ja … zehn Stück kommen. Er ging die Neustadt-Straße entlang. Von hier hatte man einen direkten Blick auf die Schattenburg, die wie ein Wächter über den Häusern thronte. Er bog links in die Rosengasse ein, um in der Buchhandlung Pröll nach Büchern, die den Mord von 1953 zum Inhalt haben, zu fragen. Doch leider hatte die Buchhandlung geschlossen. Also ging er weiter, an der Johanniterkirche vorbei zur Feldkircher Marktgasse, an deren Ende sich Marthas „WEIN.LESE" befand.

„Ich habe ein wenig Zeit über Mittag und wollte sehen, ob du sehr beschäftigt bist."

Martha begrüßte ihn mit einem innigen Kuss. Um die Mittagszeit war viel los in ihrem Café und Buchladen.

„*Für di han i al Zit*"[45], sagte sie und küsste ihn erneut. „Was möchtest du essen?"

Ohne eine Antwort abzuwarten, schlug sie ihm einen Vorarlberger Käsefladen mit *Rässkäs*[46] und *Bergkäs* vor und dazu eine Flasche *Panülerbräu*[47]. An dem langen Gemeinschaftstisch saßen unter anderem seine drei Zeugen von vorhin. Gertraud Keller winkte ihn zu sich: „Heinrich, hier ist noch ein Platz frei!" Finster hatte zwar auf ein wenig Zeit mit Martha gehofft,

45) Für dich habe ich immer Zeit.

46) würziger Käse

47) Regionale Bierspezialität benannt nach dem Panüler Kopf: 2859 m hoher Berg im Rätikon an der Grenze zur Schweiz

konnte dieses Angebot aber schlecht ablehnen. Die drei Senioren hatten ihr Mittagessen bereits beendet. Der Chefinspektor fühlte sich ein wenig unbehaglich. Er wusste nicht, worüber er sich mit ihnen unterhalten sollte.

„Weißt du, Heinz, wir sind gleich nach den Befragungen hierhergekommen, um uns ein wenig zu sammeln. Und natürlich ist Hildegard unser einziges Gesprächsthema."

„Und vor allem", meinte Margot Zimmermann, „musste ich die ganze Zeit darüber nachdenken, was Sie gesagt haben."

Oh Gott, welchen Teil von dem, was er gesagt hatte, meinte die alte Dame?

„Wissen Sie, ich überlege schon die ganze Zeit, ob und wann Hildegard etwas Verletzendes gesagt haben könnte. Jedenfalls sind wir jetzt alle möglichen Leute durchgegangen, der Gustl und ich. Wir haben versucht, uns zu erinnern, was, wann, wo, zu wem gesagt worden ist. Oder ob Hildegard vielleicht einmal gelacht hat, als es unpassend war und sich jemand verspottet gefühlt haben könnte."

Das interessierte Finster durchaus.

„Du hast wesentlich mehr Zeit mit ihr verbracht als ich", warf August Engel ein. „Du warst bei sehr vielen Ereignissen in ihrem Leben dabei. Und wenn du einmal nicht direkt dabei warst, hat sie dir im Nachhinein bestimmt ausführlich davon erzählt, *odr*[48]?"

Martha kam und stellte Finsters Käsefladen und Bier auf den Tisch. Leise sagte sie, wenn der größte Ansturm vorbei sei, könnten sie noch einen Kaffee zusammen trinken. Finster zwinkerte schelmisch. Bevor er den ersten Bissen nahm, lenkte

---

48) nicht wahr?

er das Gespräch zurück auf den Fall: „Welche Personen könnte Hildegard im Laufe ihres Lebens gekränkt haben?“

„Ich bin mir zwar nicht ganz sicher, ob ich hier nicht aus einer Mücke einen Elefanten mache, aber ich glaube: die Vreni.“

„Ach, wirklich? Was war damals?“

„Ich weiß gar nicht mehr, wann das genau war“, erzählte Margot weiter. „Wir haben Vreni im September auf dem Fischer-Fest getroffen. Ich weiß noch, dass ich zu ihr gesagt habe, es sei schön, dass sie den Weg von Schnifis herunter nach Schlins gefunden habe. Sie setzte sich zu uns an den Tisch und wir waren eine recht gesellige Runde.

Irgendwann sprach jemand den Mord am Walter an und das trübte die Stimmung. Aber Vreni schien das besonders zu bedrücken. Es wurde zuerst über Erich geredet und dass er im Gefängnis sei. Dann erwähnte jemand, dass es vielleicht doch der Johannes Bernald gewesen sein könnte. Danach schwiegen alle. Hildegard beendete das Schweigen und sagte:

„Wen interessieren diese alten Geschichten noch? Das ist alles Schnee von gestern. Den Bernald haben sowieso schon alle vergessen. Und da, bei diesem Satz – ich erinnere mich genau – hat Vreni einen ganz eigenen Gesichtsausdruck bekommen. Ich kann gar nicht richtig beschreiben, was für einen. Irgendwie schmerzverzerrt, eine Mischung aus Trauer und Wut … kurz hatte ich befürchtet, dass ihr *s Mittageassa wiedr uffa kämt*[49].

„Ekel?“, warf Finster ein.

„Kann sein. Jedenfalls ist sie aufgestanden und hat das Fischer-Fest grußlos verlassen. Danach habe ich sie jahrelang nicht mehr gesehen.“

---

49) …, dass ihr das Mittagessen wieder hoch käme. / …, dass sie sich übergeben müsse.

„Und was schließen Sie daraus?“, fragte Finster, der seinen Fladen fast fertig gegessen hatte.

„Ich weiß es nicht. Es muss auch gar nichts mit der Sache zu tun haben. Vielleicht hat sie etwas Schlechtes gegessen und ihr war nicht gut.“

„Na ja“, meinte August, „an Erich ist Vreni offensichtlich in jungen Jahren interessiert gewesen. Vielleicht hat sie sich eine Heirat mit ihm erhofft. Aber er kam ins Gefängnis. Vielleicht ist ihr das schmerzlich in Erinnerung gerufen worden.“

„Möglich“, antwortete der Chefinspektor, „aber es war die Aussage über Johannes Bernald und dass niemand mehr an ihn denken würde, die Vreni in Aufruhr versetzte. Heißt das, dass sie noch an ihn dachte?“

„War es der Bernald? War Erich die ganzen Jahre unschuldig im Gefängnis?“ Margots Blick schweifte beunruhigt vom einem zum andern.

„Das ist nie hundertprozentig geklärt worden, aber es sprechen viele Indizien dafür, dass Erich Engel nicht der Mörder von Walter Döblinger war“, stellte Finster fest. „Nachdem, was Sie mir gerade erzählt haben, könnte diese Vreni mehr wissen.“

Zwei Diensthunde, ein belgischer und ein deutscher Schäfer, saßen neben ihren Hundeführern. Wie vom Kommandanten der Hundestaffel angefordert, hatte Finster ein getragenes Kleidungsstück von Justin Leonhardsberger und eines von Renesmee Bock in einer verschließbaren Plastiktüte dabei. Von Renesmee waren genügend ‚Geruchsproben‘ auf der Inspektion vorhanden gewesen, wegen Justin mussten sie noch einmal im Internat vorbeischauen und sich ein Kleidungsstück besorgen. Finster hatte Schwärzler gebeten, einen SPUSI Koffer mitzubringen.

Bevor sie mit der Suche loslegten, informierte sich Finster bei den Satteinser Kollegen über deren bisherige Ermittlungen. Inspektor Yildiz erzählte ausführlich von der Zeugenaussage. Finster überlegte laut, ob es sich bei der alten Frau, die auf einem Stock gestützt ging, vielleicht um Vreni, also Veronika Walser, handeln könnte. Da Inspektor Yildiz diesen Namen noch nie gehört hatte, konnte er Finster nicht weiterhelfen. Yildiz erklärte, dass sie sämtliche an den Burghügel angrenzenden Haushalte im Oberdorf und auch im Dorfteil Frommengärsch bis hin nach Sankt Loi befragt hätten, ohne weitere brauchbare Informationen zu erhalten.

Dann wurde dem Hundeführer des belgischen Schäfers die Plastiktüte mit Renesmees Geruchsprobe gegeben. Der Hund nahm sofort eine Fährte auf. Er schnüffelte zuerst im Bereich des Tatorts unruhig herum, drehte eine Runde innerhalb des Absperrbandes, um dann den Tatort zu verlassen. Das Tier lief in südlicher Richtung zum breiten Waldweg hoch, schnüffelte ein wenig im Dickicht neben dem Weg herum und ging dann weiter nach Osten. Plötzlich änderte der Hund die Richtung und schlug den Waldweg zur Ruine ein.

„Die Spur führt über das Totengässele direkt zur PAEDA-KOOP", brummte Finster. „Sie muss zusammen mit Justin über die Kirchstraße zum Waldspielplatz gegangen sein. Später sind die Senioren von der Burg gekommen. Dann ist es zur Begegnung von Hildegard Engel und den beiden Teenagern im Gebüsch gekommen. Die Frage ist, ob Renesmee vor oder nach dem Tod von Hildegard Engel in östliche Richtung nach Hause gelaufen ist."

„Ich habe meine Smartwatch um", sagte Schwärzler, „mit ihr

können wir im Büro am Computer den Weg verfolgen, den wir jetzt gegangen sind und den auch die Verdächtigen genommen haben. So können wir einen Überblick über die Bewegungen der involvierten Personen auf einer Karte erstellen."

„Sehr gut!"

Der Hund führte sie direkt zum Eingang von Renesmees Wohngruppe. Nachdem sie an den Tatort zurückgekehrt waren, war der Drogenspürhund an der Reihe. Der deutsche Schäfer schnüffelte den Tatort ab und legte sich dann dort auf den Boden, wo die Leiche gelegen hatte. „Er hat etwas gefunden", erklärte der Hundeführer und belohnte den Hund etwas abseits mit einem Leckerli. Die Polizisten suchten den Waldboden ab, doch niemand wurde fündig.

„Kann es sein, dass sich der Hund irrt?"

„Nein. Es kann sein, dass nur geringe Mengen von Drogen vorhanden sind."

„Auf dem Waldboden verstreut?"

„Genau."

Die Beamte sammelten im Umkreis von zwei Metern kleinere Proben, markierten die Stellen mit nummerierten Fähnchen und verstauten alles in Schwärzlers SPUSI-Koffer.

„Kann der Hund noch weitersuchen, oder braucht er eine Pause?", fragte Finster. Der Hundeführer erklärte, dass sein Hund auch drei oder vier Mal hintereinander suchen könne, da er keinen neuen Geruch aufnehmen müsse. Nun führte der Schäfer die Beamten am Waldrand und an einem Rinnsal entlang. Am Fuße einer großen Buche legte er sich bei einem Fleck frisch aufgewühlter Erde nieder. Vorsichtig entfernte Schwärzler die lockere Erde, bis Plastik zum Vorschein kam. Er zog einen fußballgroßen, prall gefüllten Plastiksack aus dem Boden.

„Den bringen wir ins Labor und lassen ihn dort öffnen",

ordnete Finster an. Während sich der Hund ausruhte, untersuchten die Beamten die nähere Umgebung und fanden ein kleines Stück dunkelgrauen Stoff, das am Zweig eines Busches hing. Die Gruppe ging zum Tatort zurück und unternahm mit dem Drogenspürhund einen dritten Versuch. Dieses Mal schnüffelte der Hund ziellos umher, blickte sein Herrchen immer wieder fragend an, bis dieser sagte, dass es keine weitere Drogenspuren gäbe.

Der belgische Schäfer war inzwischen ausreichend ausgeruht. Die zweite Personensuche konnte beginnen. Zurück am Tatort wurde dem Hund Justins Geruch unter die Nase gehalten. Dieses Mal führte die Fährte nach Südosten. Etwa einen Kilometer lang stapften die Polizisten quer durch den Wald, bis sie auf einen breiten, gut befahrbaren Weg kamen.

Der Hund führte die Gruppe eine Wiese hinunter zu einem weiteren Waldstreifen. Hier hatten bis vor Kurzem noch Kühe geweidet und sie mussten aufpassen, um nicht in *Kuahpflattara*[50] zu treten. Am Waldrand bog der Hund nach Westen ab und führte sie zur ehemaligen Lungenheilanstalt Gaisbühel. Sie umrundeten den Gebäudekomplex.

Dann folgten sie dem Hund durch den Wald zur Burgruine zurück. Es ging eine Weile auf Waldwegen dahin, bevor der belgische Schäfer wieder ins Gelände steuerte. Schließlich blieb er mitten im Wald stehen und schlug an. Auf den ersten Blick war nichts zu sehen. Doch dann bemerkte Schwärzler ein paar flache Steine im schräg abfallenden Gelände. Er hob einen auf und entdeckte einen Hohlraum.

Hinter den Steinen befanden sich keine weiteren Drogen.

50) Kuhfladen

Stattdessen zog Schwärzler einen Vogelschädel hervor. Er fand noch weitere Tierschädel, von denen die Gruppe vermutete, dass es sich um die Schädel einer Maus, eines Wiesels und eines Rehs handelte. Es kamen auch noch ein paar Vogelbeine und andere kleine Knochen zum Vorschein, manche davon waren winzig. Als er die Steine genauer betrachtete, entdeckte er eingeritzte Zeichen auf der Unterseite der Steine.

„Das könnten Runen sein …"

Die Polizisten fotografierten alles und verpackten die Fundstücke in Plastikbeutel. Anschließend führte sie der Spürhund zurück zum *Totagässele*, das direkt zur Ruine und weiter zum Internat führt. Die Suche endete vor Justins Wohneinheit.

Mit mehreren Müllsäcken beladen betrat Fleur Günther die Pathologie im Feldkircher Landeskrankenhaus. Sie fand Dr. Peter Apian neben der aufgebahrten Leiche von Hildegard Engel.

Als er die Inspektorin bemerkte, lächelte er freundlich.

„*Du bringsch abr an Huufa Züg.*[51]"

„Das müsste untersucht werden. Es handelt sich hauptsächlich um Schmutzwäsche einer Tatverdächtigen. Die Frage ist, ob sich dazwischen anderes befindet, Rückstände von Meth zum Beispiel. Außerdem war dieser Vogelschädel zwischen ihren Sachen und dieses Döschen. Ich nehme an, das ist Meth."

„Na, das wird wieder einiges an Arbeit mit sich bringen", meinte er.

---

51) Du bringst aber einen Haufen Zeug / viele Sachen.

„Bist du hier fertig?“, fragte Fleur Günther und deutet auf die Tote.

„Ja.“

„Und?“

„Hier“, er zeigte auf eine Kopfwunde an der rechten Seite. „Die Frau ist mit einem Stein erschlagen worden und zwar von links.“

„Ein Linkshänder?“

„Das ist möglich. Dieser Schlag war aber nicht tödlich. Der Täter hat ein zweites Mal zugeschlagen.“ Der Arzt hob den Schädel der Toten ein wenig an und nun wurde eine Wunde am Hinterkopf sichtbar. „Dieser Schlag hat den Tod herbeigeführt. Er ist in einem steilen Winkel zum Rücken ausgeführt worden“, sagte er und zeigte dann auf einen großen Stein am Fußende der Leiche, an dem Blutspuren zu sehen waren. „Ich nehme an, der Kopf des Opfers wurde aufgrund des Aufpralls des ersten Schlags nach links gedreht, sodass der Hinterkopf zum Angreifer hin gedreht war. Die Blutspuren am Stein stimmen mit dem Blut des Opfers überein. Der Stein wiegt über vier Kilo. Wenn der Täter ein kräftiger Mensch ist, konnte er diesen Stein mit nur einer Hand hochheben und zuschlagen. Wenn nicht, dann benötigte er beide Hände.“

„Das Gelände am Tatort ist schräg abfallend“, bemerkte Günther, „der Größenunterschied muss gar nicht so viel betragen haben.“

„Stimmt. Wenn man das miteinrechnet, ist es möglich, dass der Täter nur ein wenig größer als das Opfer war“, meinte Apian. „Auf jeden Fall ist die Frau erschlagen worden, nachdem sie uriniert hatte. Ihre Hose war vollständig zugeknöpft. Auf dem Waldboden haben wir Urinspuren gefunden.“

„Gefunden?“

„Ein paar Blätter in Bodennähe neben der Leiche waren nass. So etwas wird natürlich untersucht. Es hätte sich ja auch um eine Flüssigkeit, die der Täter hinterlassen hat, handeln können. Wir haben Proben von der Stelle entnommen und festgestellt, dass es Urin des Opfers war. Die Pinkelstelle lag etwa zwei Meter vom Leichenfundort entfernt."

„Was ist mit den Tierschädeln?"

„Es handelt sich um einen Schädel der *corvus corone*, der Rabenkrähe, die es hierzulande überall gibt und um einen Schädelknochen des *gallus gallus domesticus*, des gemeinen Haushuhns. Drei der Vogelbeine stammen ebenso vom gemeinen Haushuhn und eines von der Spezies *pica pica*, der Elster."

„Gibt es eine Erklärung, warum die Schädel dieser Vögel in die Augäpfel des toten Opfers gesteckt worden sind?"

„Das herauszufinden, ist eure Aufgabe."

„Der Todeszeitpunkt ist aufgrund der Umstände bekannt und ich kann ihn bestätigen. Das Opfer ist gestern Nachmittag zwischen 15 und 16 Uhr verstorben."

„Es muss ziemlich genau um 15.20 Uhr gewesen sein."

„Wir haben noch etwas sehr Interessantes gefunden, die SPUSI und ich."

Er ging zu einem anderen Obduktionstisch, auf dem die Kleider der Toten so ausgelegt waren, als würde ein Mensch da liegen.

„Hier im Bauchbereich", sagte er und deutete auf die Wanderjacke, die Bluse und die Hose der Toten, „befinden sich Spuren von Methamphetamin, und zwar nicht wenige."

„Oh ha, schon wieder Meth!"

„Und auch Spuren von Heroin, das mit Fentanyl gestreckt worden ist."

„Das wird ja immer besser."

„An den Händen des Opfers fanden wir auch Spuren der

Drogen, besonders viele an der rechten Hand. Da wir auch noch Spuren von allen drei Substanzen auf dem Waldboden gefunden haben, und zwar da, wo die Verstorbene mit dem Bauch auf dem Boden gelegen haben muss, vermute ich folgendes:

Hildegard Engel geht in die Büsche. Sie ist fertig, zieht ihre Hose hoch und sieht einige Schritte vor sich etwas Interessantes: eine Plastikbox, einen Plastiksack oder Ähnliches. Sie geht hin, hebt es hoch, öffnet die Verpackung und hält die verpackten oder nur noch teilweise verpackten Drogen in der Hand. Derjenige, dem die Drogen gehören oder sie dort abholen wollte, muss sich ganz in der Nähe im Gebüsch befinden. Wahrscheinlich hat sie ihn überrascht und der Täter kann seine Ware nicht mehr oder nur unzureichend verstecken, als er die Frau bemerkt.

Wenn wir uns die Spuren an der rechten Hand und am Bauch des Opfers sowie am Waldboden anschauen und daraus eine Schlussfolgerung auf die Menge ziehen, dann schätze ich, dass es sich um etwa zwei Kilo der verschiedenen Substanzen gehandelt hat. Sie ist dann, diese Substanzen in der Hand haltend, nach den zwei Schlägen zu Boden gestürzt. Dabei ist ihre rechte Hand und das, was sie damit festgehalten hat, unter ihrem Bauch gelandet. Danach ist der Täter oder sind die Täter ein zweites Mal überrascht worden, und zwar von der Schwester des Opfers, die nach ihr gerufen hat. Als etwas später alle Senioren weggegangen sind, hat der Täter die Leiche umgedreht und so die Drogen wieder an sich gebracht."

„Das klingt plausibel", antwortete die Polizistin. „Und was für eine Rolle spielen die Tierschädel und die Beine?"

„Das kann ich mir nicht erklären", meinte Apian. „Außer, dass der Täter unter Drogeneinfluss stand und deshalb irrationale Handlungen vollzogen hat. Leider haben wir keine brauchbaren Fußspuren sicherstellen können. Der Waldboden war sehr trocken und außerdem sind so viele Leute am Tatort herumgelaufen, dass mögliche Fußspuren des Täters oder der Täter vernichtet worden sind.

Aber wir haben das Loch gefunden, in dem die Drogen vergraben waren, und zwar unter der Toten. Von dieser Stelle haben wir Bodenproben genommen, und hier war auch DNA zu finden. Es befanden sich ein abgebrochener Fingernagel und Hautpartikel, die nicht zum Opfer gehören, bei den Proben. Dieselbe DNA konnten wir auch aus Hautpartikeln an der Tatwaffe sicherstellen. Wenn ihr uns einen Verdächtigen bringt, können wir einen DNA-Abgleich machen."

„Ausgezeichnet! Hier ist ausreichend DNA von Renesmee Bock", die Polizistin deutete auf die Müllsäcke. „Und von Justin Leonhardsberger werden wir dir eine Probe zukommen lassen. Was ist eigentlich mit der Kirsche, die beim Opfer gefunden wurde?"

„Ach ja, die Kirsche …", Apian hob ein Säckchen vom Tisch hoch, auf dem die Kleider des Opfers lagen. „Das ist in der Tat eine leicht zerquetschte Kirsche, auf der das Opfer beim Todessturz gelandet ist. Dabei wurde die Kirsche beschädigt und die Hose der Toten beschmutzt. Mehr kann ich dazu nicht sagen."

Dem Chefinspektor war klar: Renesmee Bock würde nicht einfach zu reden beginnen. Die Eltern der 15-jährigen waren sofort persönlich erschienen, nachdem sie erfahren hatten, dass ihre Tochter auf die Inspektion in Feldkirch gebracht worden sei. Sie pöbelten die Polizistin, die Journaldienst machte, an und belehrten sie, wie man mit Kindern umzugehen habe, was die Polizei dürfe, und wie man sich in einer zivilisierten Gesellschaft zu verhalten habe. Die korpulente Frau und der adipöse Mann verlangten, ihre Tochter sofort mitnehmen zu dürfen. Und dass sich die Polizistin, die gar nichts mit dem Fall zu tun hatte, bei ihrer Tochter entschuldigen solle. Auf all das ging die Beamtin nicht ein, sondern bat Herrn und Frau Bock auf den Stühlen an der Wand Platz zu nehmen. Der Chefinspektor werde sich persönlich um sie kümmern, sobald er Zeit habe. Murrend und maulend taten die beiden, wie ihnen geheißen.

Bevor Finster zusammen mit Schwärzler mit den Diensthunden zur Spurensuche aufgebrochen war, hatte er den Kollegen Bundschuh gebeten, Renesmee aus der Arrestzelle zu holen und ins Verhörzimmer zu bringen. Er hatte den Auftrag, sich dem Mädchen wortlos gegenüber zu setzen bis Finster zurückkomme. Inspektor Bundschuh war genau der Richtige für diesen Auftrag. Er ließ sich von den abwechselnden Phasen aus Gezanke und gespieltem Desinteresse nicht aus der Ruhe bringen. Insgesamt saß er drei Stunden mit Renesmee im Verhörzimmer. Ein Plastikbecher mit Wasser stand auf dem Tisch. Renesmee verwendete das Wasser im Zuge einer ihrer Anfälle als Wurfobjekt, wobei sie Bundschuh verfehlte. Zweimal wurde eine Kollegin gebeten, das Mädchen zur Toilette zu begleiten. Zweimal wurde der Wasserbecher wieder aufgefüllt. Bei der letzten Auffüllung trank Renesmee das Wasser, anstatt es um sich zu werfen. Die gesamte Zeit lief eine Kamera mit.

Als Finster endlich eintraf, waren sowohl das Mädchen als auch dessen Eltern zermürbt. Die sich dennoch aufplusternden Eltern, die ihm im Gang begegneten, begrüßte er freundlich und bat sie in sein Büro. Er ließ sie Platz nehmen, hörte sich ihre Beschwerden über sein spätes Erscheinen und die Forderung nach einem Anwalt an. Er ließ sie schimpfen und keifen.

Obwohl er den Gelassenen mimte, fragte er sich, wie lange er das noch aushalten würde.

Als Frau Bock ihn fragte: „Und? Was haben Sie dazu zu sagen?", antwortete er: „Liebe Frau Bock, lieber Herr Bock", ihre Tochter ist eine der Hauptverdächtigen in einem Mordfall. Sie war zur Tatzeit des Mordes am Tatort. Außerdem besteht der Verdacht, dass sie Crystal Meth konsumiert und sie könnte auch in den Verkauf von Drogen involviert sein. Ich schlage deshalb dringend vor, dass Ihre Tochter und auch Sie alles tun, um diese Verdachtsmomente zu entkräften. Dazu bedarf es Ihrer vollen Kooperation, und auch die Ihrer Tochter. Bitte warten Sie draußen, während ich mich um einen Anwalt bemühe, der Ihnen vom Staat Österreich kostenlos zur Verfügung gestellt wird."

Damit schickte er sie nach draußen und wider Erwarten verließen die beiden schweigend sein Büro.

Als er allein war, sah er auf seinem Computer nach und fand Apians Bericht. Die Fahndung nach Justin Leonhardsberger hatte bisher noch nichts ergeben. Finster verzögerte das anstehende Verhör noch ein klein wenig, indem er in Fleur Günthers Büro vorbeischaute. Finster fasste die wichtigsten Ereignisse zusammen und berichtete, dass Schwärzler mit den sichergestellten Drogen, dem Stofffetzen, den Tierknochen und den anderen Proben zu Apian gefahren sei.

„Na, der wird seine Freude mit uns haben. Wir haben ihn heute mit Material überhäuft."

Als Finster unschlüssig in der Tür stehen blieb, sagte Günther: „*Also guat, i kumm mit. Mitnandr würa mr's scho drtua.*[52]"

„Danke."

---

52) Also gut, ich komme mit. Zusammen werden wir es schon schaffen.

„Bevor ich es vergesse: Wir zwei haben morgen Vormittag einen Termin bei Veronika Amann in Schnifis."

„Bei wem?"

„Veronika Walser heißt seit ihrer Eheschließung Veronika Amann. Sie ist seit vielen Jahren Witwe, erfreut sich aber noch bester Gesundheit. Wir beide werden sie morgen in Schnifis besuchen."

Finster öffnete die Tür zum Verhörzimmer. Als er an Bundschuh vorbeiging, bat er ihn, einen Anwalt für das Mädchen zu organisieren.

Renesmee Bock saß matt und gleichzeitig gereizt auf dem Boden. Sie lehnte sich mit dem Rücken an die Wand.

„Fräulein Bock, ich bin Chefinspektor Heinrich Finster von der Abteilung Leib und Leben des Bezirkskriminalamts Feldkirch. Meine Kollegin, Abteilungsinspektorin Fleur Günther, haben Sie bereits kennengelernt. Wir ermitteln im Mordfall Hildegard Engel. Auf Wunsch Ihrer Eltern bemühen wir uns um einen Anwalt. Ich muss Sie darüber aufklären, dass Sie das Recht haben, die Aussage zu verweigern."

„Ha! Und deswegen muss ich hier den ganzen Tag rumsitzen, nur damit ich dann doch nichts sage. Wie bescheuert seid ihr eigentlich?"

„Wie ich gerade eben Ihren Eltern erklärt habe, sind Sie eine der Hauptverdächtigen in einem Mordfall. Es wäre sehr zu Ihrem Vorteil, wenn Sie sich kooperativ zeigen würden, denn die Beweise gegen Sie verhärten sich."

„Was soll die Kacke? Ihr könnt mir gar nichts beweisen, ihr Wichser."

„Neben den zahlreichen Beamtenbeleidigungen, die wir bereits dokumentiert haben, gibt es einen Zeugen, der sie gesehen hat, wie sie kurz vor der Tatzeit zum Tatort gegangen sind. Außerdem konnte Ihre DNA am Tatort festgestellt werden." Finster erwähnte nicht, dass dies nur mittels einer Hundenase geschehen war. „Und dann haben wir auch noch das bei der Leiche gefunden." Finster hielt ein Foto der Kirsche am Bein der Toten hoch. „Und auch das müssen Sie uns erklären." Er zeigte ihr ein Foto des Drogen-Döschens, das man in ihrem Zimmer gefunden hatte. Das Mädchen schien zu überlegen. Die Polizisten warteten.

„Gut", meinte Finster nach einer Weile, „Sie wollen also nicht kooperieren. Es ist nur eine Frage der Zeit, bis wir Justin Leonhardsberger und Ihnen den Mord an Hildegard Engel nachweisen werden. Sie werden so lange in Untersuchungshaft bleiben." Dann standen die beiden von ihren Stühlen auf. Plötzlich schrie das Mädchen aus voller Kehle:

„Die Justine werdet ihr nicht kriegen!"

„Und warum nicht?"

Das Mädchen schwieg, war aber sichtlich erregt. Ihre Hände zitterten und ihre Augen begannen sich mit Tränen zu füllen. „Endlich sind wir zu ihr durchgedrungen", dachte Finster. Doch die Gefahr, dass sie sich sogleich wieder in sich selbst verkroch, war groß.

„Gibt es jemanden, der Justine helfen kann?"

„Nein." Jetzt rannen ihr Tränen über die Wangen.

„Weißt du, wo Justine ist?" Finster war zum Du übergegangen.

„Nein."

„Sie ist deine Freundin, nicht wahr?" Finster redete ruhig und leise.

Das Mädchen nickte und das Weinen wurde heftiger.

„Wenn du ihr helfen willst, dann musst du mir sagen, was du weißt.“

Er versuchte so freundlich und vertrauenswürdig wie möglich zu klingen. Das Mädchen wurde von regelrechten Weinkrämpfen geschüttelt und erinnerte an ein Kleinkind. Zitternd zog sie ein mehrfach zusammengefaltetes Stück Papier aus dem Büstenhalter:

„Das hab‘ ich in ihrem Zimmer auf dem Schreibtisch gefunden.“

Finster ging langsam um den Tisch herum auf Renesmee zu. Er streckte seine Hand aus und sie gab ihm das Papier. Vorsichtig entfaltete er es:

Liebe Oma, lieber Richi,

ich weiß, dass ihr mich mögt. Und ich danke euch dafür. Ich mag euch auch.

Ich habe bisher nie verstanden, warum mein Vater weder im Diesseits noch im Jenseits zu finden ist und warum meine Mutter einen Zustand anstrebt, in dem ihre Sinne für das Diesseitige getrübt werden und sie stattdessen Dinge sieht, die wir anderen nicht wahrnehmen können. Ich habe bisher auch nicht verstanden, warum ich zwischen den Geschlechtern wandle. Aber jetzt verstehe ich. Jetzt weiß ich, dass die Götter mein Schicksal bestimmt haben. Ich bin ein Wanderer zwischen den Welten, und das schon mein ganzes Leben lang. Odin, der Allvater, hat sich mir offenbart. Ich werde dem Weg folgen, den er für mich bestimmt.

ᛟᚾᛚᛃ ᛏᚺᛖ ᚹᛟᚱᛏᚺᛃ ᛗᚨᛃ ᛖᚾᛏᛖᚱ ᚹᚨᛚᚺᚨᛚᛚ

Der Gerechte

Finster ging in die Hocke, um mit Renesmee, die immer noch am Boden kauerte, auf Augenhöhe zu sein.

„Ist ‚Der Gerechte' eine Bezeichnung, die Justine sich selbst gegeben hat?"

„Sie sagte, dass das die Bedeutung ihres Namens sei. Und sie redete dauernd davon, dass Odin nur Männer und Frauen in Walhalla hineinließe, die mutig in den Tod gingen. Sie sagte, sie sei wie ein Gott, der die Gestalt wechseln könne. Sie würde wie ein Wanderer durch die Welt streifen und könne den Leuten mal in dieser und mal in einer anderen Gestalt erscheinen, mal als Mann, mal als Frau, mal als Mensch, mal als Gott. Und sie hat immer gesagt, dass man nur durch einen tapferen Tod nach Walhalla gelangen könne und da wollte sie unbedingt hin."

„Und du hast Angst um sie?"

Das Mädchen nickte.

„Weißt du, was die Runen auf dem Brief bedeuten?"

„Nein. Justine hat immer gesagt, dass sich Runen nur den Würdigen offenbaren, dass Odin neun Tage an einem Speer aufgespießt am Baum Yggdrasil hängen musste, bis sich ihm die Bedeutung der Runen offenbart hatte, und dass sie selbst jahrelang hat üben müssen, bis sie soweit war. Außerdem musste Odin ein Auge opfern, um so weise zu werden, damit er alles versteht."

„Hast du irgendeine Idee, wo Justine sein könnte?"

„Sie ist noch einmal zu mir ins Zimmer gekommen, gestern. Sie sagte, sie hätte ihr Bündel gepackt und werde nach Osten ziehen. Dort werde sie die Weisheit suchen, so wie es Odin getan hat. Sie sagte, ich solle stark sein, dann werde alles gut werden. Dann ist sie gegangen."

„Kennst du Justines Oma?"

„Nur vom Erzählen."

„Und weißt du, wer ‚Richi' ist?"

„Das ist Justines Onkel. Der war gestern auch da."

„Wo war er?"

„Im Wald. Justine hat gesagt, ich könne mitkommen. Onkel Richi würde sich mit ihr treffen, um mit den Göttern zu sprechen."

„Mit den Göttern sprechen?"

„Sie sagte, Richi sei ein Schamane. Er habe den Schlüssel zur Götterwelt."

„Und? Hast du diesen Schlüssel gesehen?"

„Wir waren im Wald und Richi war auch da. Er hat etwas ausgegraben. Danach hat mir Justine zwei magische Kristalle gegeben. Sie meinte, dass dies mein Schlüssel zur Götterwelt sei und ich sie gut aufbewahren soll, bis mir die Götter ein Zeichen geben würden. Dann würde ich wissen, wie man die magischen Kristalle benützt. Richi sagte, es sei ein Geschenk für mich. Ich solle gut darauf aufpassen, denn so ein Geschenk gäbe es nur einmal im Leben. Dann haben sie mich nach Hause geschickt. Ich wollte zuerst nicht gehen, aber Justine hat gesagt, dass ich noch nicht so weit sei, und es würde die Götter erzürnen, wenn Unwürdige ihnen zu nahe kämen."

„Hast du eine Kirsche im Wald verloren?"

„Kann sein. Ich habe die Kristalle in meinen Rucksack gegeben. Weil mir kalt war, habe ich auch noch meine Jacke herausgenommen und ziemlich herumgekramt. Dabei kann eine meiner Kirschen herausgefallen sein."

„Sind das diese Kristalle?", fragte Finster und gab Fleur Günther ein Zeichen, sie solle das Foto mit dem Döschen zeigen, in dem sie Drogen gefunden hatten.

„Ja."

„Was hast du mit den Kristallen gemacht?"

„Als ich wieder in meinem Zimmer war, habe ich an die Dose gedacht und sie rein getan. Ich dachte, das sei ein guter

Aufbewahrungsort."

„Hast du die Kristalle lange in der Hand gehabt?"

„Weiß nicht. Ich hab' dran geleckt."

„War dir danach schlecht? Hattest du Kopfschmerzen? Herzklopfen?"

„Ja, mir war ganz schwummrig, aber irgendwie schön. Und dann war mir schlecht."

„Was hat es mit dem Vogelschädel auf sich, den wir in deinem Zimmer gefunden haben?"

„Das war ein Geschenk von Justine. Sie hat mir immer wieder von Odin und Frigg und Thor erzählt, und manchmal hat sie mich mitgenommen zu ihren Verstecken, wo sie ihre Knochen aufbewahrte. Sie sagte, sie brauche das für die Götter."

„Sie hat mehrere Verstecke für ihre Knochen?"

„Zwei. Sie hat sie im Waldboden vergraben, bis die Würmer das Fleisch weggefressen haben, danach hat sie die Knochen in der Sonne gebleicht und in der Höhle aufbewahrt. Sie sagte, wenn der Tag kommt, dann braucht sie die Knochen für Odin."

„Was hat sie damit gemeint?"

„Ich glaube für ein Ritual."

„Was für ein Ritual?"

„Keine Ahnung. Sie hat viel von Ritualen erzählt. Das wichtigste war aber immer das, mit dem man zu Odin nach Walhalla kommt. Dazu brauchte sie Krähenschädel, denn Odin hat immer zwei Raben auf seinen Schultern sitzen. Sie hätte lieber Schädel von echten Raben gehabt, aber da diese viel schwieriger zu finden sind, hat sie gesagt, dass Krähen auch in Ordnung seien. Von denen gebe es hier mehr als genug."

„Warst du dabei, als sie so ein Ritual vollzogen hat?"

„Ich bin noch nicht würdig für Rituale. Ich muss noch lernen."

„Hast du diese Frau gesehen? Sie war gestern auch im Wald."

Finster gab seiner Kollegin ein Handzeichen und sie zeigte dem Mädchen ein Foto von Hildegard Engel.

Renesmee sah das Foto genau an.

„Sie ist tot?“

„Ja. Kennst du sie?“

Kopfschütteln.

„Würdest du Richi wiedererkennen?“

„Natürlich.“

„Gut, Renesmee, du hast uns sehr weitergeholfen und du hast auch dir selbst geholfen. Deine Eltern warten draußen. Ein Streifenwagen wird dich zurück ins Internat fahren.“

„Werdet ihr Justine finden?“, fragte das Mädchen und die Tränen stiegen ihr wieder in die Augen. „Sie ist meine einzige Freundin. Sonst mag mich niemand.“

„Wir werden alles tun, um sie zu finden“, versprach der Chefinspektor.

Es klopfte, Inspektor Bundschuh trat ein und meldete, der Anwalt habe erst morgen Zeit.

„Das hat sich erledigt“, antwortete Finster und bot Renesmee die Hand an, um ihr beim Aufstehen zu helfen. Das Mädchen betrachtete die Hand zuerst argwöhnisch, ergriff sie dann aber doch und ließ sich aufhelfen.

Nachdem Familie Bock von Inspektor Bundschuh, der das Mädchen zurück nach Schlins fahren würde und außerdem eine DNA-Probe von Justin aus dem Heim mitbringen sollte, aus dem Gebäude eskortiert worden war, gingen Finster und Günther in Schwärzlers Büro.

„Schwärzler, siehst du bitte mal bei den Fahndungen nach."

Mit ein paar Klicks war der junge Kollege bei der entsprechenden Seite angelangt.

„Leider immer noch keine Ergebnisse."

„Wir haben einen Hinweis, dass er nach Osten gegangen ist. Wir müssen also verstärkt mit den anderen Bundesländern zusammenarbeiten und auch mit den Kollegen in Tschechien. Dort führte die letzte Reise seines Vaters hin. Versuche auch herauszufinden, ob Justin einen Onkel namens Richi hat. Den müssen wir unbedingt finden. Und dann sollten wir noch wissen, was diese Runen hier bedeuten." Er legte Schwärzler Justins Abschiedsbrief auf den Tisch. „Bitte lass diesen Papierbogen im Labor untersuchen – Fingerabdrücke, etc. Und sieh zu, ob wir morgen ein SPUSI-Team in Justins Zimmer schicken können. Sie sollen vor allem nach Suchtmitteln suchen."

„Das schaff' ich aber heute nicht mehr alles", protestierte Schwärzler.

„Sieh zu, dass du das Wichtigste noch erledigen kannst."

„Und wir beide, Heinz", mischte sich Fleur ein, „schreiben jetzt noch unsere Protokolle, bevor wir Feierabend machen."

Sachte klopfte Heinrich Finster an die Glasfront von Marthas Laden. Er unterbrach sie beim Wischen des Fußbodens. Es war bereits 19 Uhr und die WEIN.LESE hatte seit einer Stunde geschlossen.

„*Du luagsch boda müad us.*[53]"

53) Du siehst ziemlich müde aus.

„Ja, der Laden läuft wirklich gut. Ich glaube, ich muss darüber nachdenken, jemanden einzustellen. Ich bin gleich soweit. Dann können wir nach Hause gehen. Mama hat gekocht und mit Saskia schon zu Abend gegessen. Es ist wirklich praktisch, dass sie in der Wohnung über mir wohnt. Wie ich sie kenne, hat sie bestimmt genug gekocht, sodass für dich auch eine Portion übrig ist."

Während Martha die Putzutensilien verstaute und ihren Mantel holte, schweifte Finsters Blick über die Bücherregale, die die beiden langen Wände des schmalen Raumes ausfüllten. Bei der Rubrik mit dem Titel ‚Vorarlberg' blieb sein Blick hängen.

„Suchst du etwas Bestimmtes?"

„Hast du etwas über Schlins?", fragte Finster.

„Mal sehen, ich glaube schon", sagte sie und strich mit dem Finger über die Buchrücken, bis sie ein dickeres und ein sehr dünnes Buch herauszog. Das dickere hatte den Titel ‚Lebensraum Schlins', herausgegeben von Dieter Petras, und das dünne hieß ‚Lebensringe aus dem Dorf' von Hedwig Hartmann.

„Hier, bitte."

Er überflog das Inhaltsverzeichnis. In ‚Lebensringe aus dem Dorf' wurde er fündig. Vier Seiten berichteten vom Mord am kleinen Walter und auch davon, dass Erich Engel unschuldig verurteilt worden war. Über Veronika Amann, geborene Walser, stand nichts geschrieben.

„Darf ich das fotografieren?"

„Natürlich."

„So", sagte Finster, als er die beiden Bücher wieder zurück gestellt hatte, „jetzt ist aber wirklich Feierabend. Was hat Traudl gekocht?"

Als Martha und Heinrich an Gertrauds Esstisch Platz nahmen, waren Saskia und Şen gerade dabei, den Abwasch zu erledigen. August Engel saß ebenfalls am Tisch. Gertraud brachte ihrer Tochter und dem Chefinspektor jeweils einen Teller mit dampfenden *Käsknöpfle*[54].

„Ich habe sie aufgewärmt. Wir anderen haben schon gegessen."

„Danke, Mama."

„Wie schreiten die Ermittlungen voran?"

„Mama, du weißt doch, dass er nichts erzählen darf."

„Ich mein ja nur ...Vielleicht gibt es ja doch etwas, das er uns sagen darf. Vielleicht können wir sogar helfen."

Martha seufzte. Ihre Mutter würde sich nicht so leicht abwimmeln lassen.

„Ist schon in Ordnung", brummte Finster. „Die Ermittlungen schreiten voran."

Gertrauds Blick verriet, dass ihre Neugier bei Weitem noch nicht befriedigt war.

„Na gut. Ich kann immerhin so viel sagen, dass wir die alten Akten zum Fall Walter Döblinger mittlerweile erhalten haben. Sie sind heute kurz vor Dienstschluss bei mir im Büro angekommen."

Niemand sagte etwas. Ein riesiges „Und?" hing in der Luft.

„Ich glaube, ich kann euch nichts Neues berichten. Es steht mehr oder weniger das drin, was August erzählt hat. Auch die Informationen in dem Büchlein, das ich vorhin in Marthas

---

54) Spätzle mit Vorarlberger Käsemischung

Laden entdeckt habe, decken sich im Wesentlichen mit Augusts Erzählungen sowie mit dem Polizeibericht von damals."

„Heißt das, dass die Unschuld von Gustls Bruder bewiesen ist?", fragte Saskia und kam mit einem halb abgetrockneten Topf und einem Geschirrtuch aus der Küche.

„Das kann man so nicht sagen. Allerdings deuten so viele Indizien darauf hin, dass es schwerfällt, an Erich Engels Schuld zu glauben."

„Stimmt es, dass die Gendarmerie damals das Tuch, mit dem das Kind geknebelt worden war, gewaschen hat?", fragte Saskia und man merkte, wie Empörung in ihr hochstieg.

„Ja."

„Und stimmt es auch, dass die Bernalds Joseph bestochen haben, damit er aussagt, Erich wäre damals eine Stunde vom Musikfest weg gewesen?"

„Das kann leider nicht bewiesen werden. In den Akten steht nur, dass Joseph Walser nach der ersten Gerichtsverhandlung in Feldkirch, bei der Erich freigesprochen worden war, seine Aussage geändert hat. Es steht auch drin, dass es Zeugen gibt, die Johannes Bernald zum Tatzeitpunkt in der Nähe von Bregenz gesehen haben wollen."

„Das ist doch gelogen!" Saskia war nun wahrhaft entrüstet. „Das ist so ungerecht! Wie kann so etwas passieren? Wieso können die das machen? Das ist doch total korrupt! Diese miesen Dreckschweine!"

„Saskia!" Der Aufschrei kam von Martha und Gertraud gleichzeitig.

„Es ist doch wahr. Nur weil die Bernalds reich waren und weil sie wahrscheinlich gute Beziehungen zu den Behörden gehabt haben, haben sie den Ruf eines Toten aus ihrer Sippe retten wollten", Saskia musste Luft holen vor lauter Zorn, „eines

Toten, der sich bereits erhängt hat, weil er wusste, was für ein gottelendigliches Arschloch er war."

Saskia hatte sich in Rage geredet. Betroffenes Schweigen legte sich über die Gruppe.

„Wenn man sich nicht mal mehr darauf verlassen kann, dass die Gerichte gerecht sind, wie soll dann jemals die Gerechtigkeit siegen? Wie können wir mit so einem System leben? Wieso kann so etwas passieren? Hat es nicht gereicht, dass ein grauenhaftes Verbrechen passiert ist? Dass ein unschuldiges Kind auf so schreckliche Weise sein Leben verloren hat? Musste es danach wirklich noch eine zweite Tragödie geben? Ein zweites Opfer? Wieso können es sich manche Leute erlauben, andere zu vernichten?"

Die letzten Worte hatte sie leise ausgesprochen. Sie setze sich neben Martha und ließ den Kochtopf etwas heftiger als geplant auf die Tischplatte plumpsen.

„Ich wusste gar nicht, dass dich dieser Fall so sehr beschäftigt." Martha legte eine Hand auf die Schulter ihrer Tochter. Das Mädchen schwieg.

„Wie sehen Sie das, Herr Engel?", fragte Şen. „Wie ist Ihre Familie mit dieser Ungerechtigkeit umgegangen?"

Dieser nickte kaum merklich mehrere Male, bevor er zu sprechen begann:

„Als feststand, dass Erich im Gefängnis bleiben würde, als nichts mehr genützt hat, auch nicht die vielen Beteuerungen von Walter Döblingers Vater, der davon überzeugt war, dass Erich nicht der Täter gewesen ist, als alles nichts mehr geholfen hat, da habe ich mich gefühlt, wie Saskia sich jetzt fühlt. Für eine sehr, sehr lange Zeit, war ich einfach nur verbittert und enttäuscht. Ich konnte mir gar nicht vorstellen, wie Erich das alles aushielt. Irgendwann hatte ich einfach keine Kraft mehr, wütend zu sein. Dann kam eine Phase der Stumpfheit. Jahre später begann ich, mich mit dem Thema Gerechtigkeit zu beschäftigen. Was genau ist Gerechtigkeit? Es ist erstaunlich, wie viele verschiedene Sichtweisen und Arten von Gerechtigkeit es gibt …"

„Was soll das heißen?", unterbrach ihn Saskia. „Es ist doch klar, was Gerechtigkeit ist. Jedes Kind weiß das. Gerechtigkeit ist für alle gleich, sonst ist es keine Gerechtigkeit."

„Und was genau ist Gerechtigkeit deiner Meinung nach?"

„Na, dass alle fair und gerecht behandelt werden. Dass die Bösen bestraft und die Guten belohnt werden."

„Das", sprach August weiter, „ist ein typisches Merkmal von Märchen. Die Guten werden am Schluss belohnt und die Bösen werden am Schluss bestraft. Märchen sind aber nicht realistisch und helfen im echten Leben nicht weiter. Ich habe gelernt, dass Gerechtigkeit etwas ist, das sehr stark von Erwartungen abhängt."

„Das verstehe ich nicht", sagte Saskia. „Wenn es um Gerechtigkeit geht, dann erwarten sich doch alle dasselbe."

„Und was?", hakte August nach.

„Na, dass …", ihr fehlten die Worte.

August versuchte ihr zu helfen: „Dass der Schmerz in deiner Brust vergeht und du dich wieder gut fühlst? Wenn man sich mit dem Begriff der Gerechtigkeit beschäftigt und nachliest, was Philosophen, Staatsmänner und Gesetzgeber im Lauf der Jahrhunderte als gerecht definiert haben, dann merkt man, wie sehr der Gerechtigkeitsbegriff von den Erwartungen der Menschen abhängt."

„Zum Beispiel?" Jetzt war auch Şen interessiert.

„Es gab – und es gibt immer noch – Kulturen, die Rache und Vergeltung als notwendig erachten, um Gerechtigkeit herzustellen. Das war zum Beispiel im vorchristlichen Europa so. Wenn wir in diesen Zeiten gelebt hätten, dann wäre es die Pflicht von Walters Vater, meinem Vater und auch von mir sebst gewesen, Mitglieder der Familie des Täters zu ermorden, um die Tat zu sühnen."

„Dann hätten Sie aber eher den Gendarmen, der das Beweismittel gewaschen hat, umbringen müssen", meinte Şen.

„Oder den Richter in Innsbruck, der sich von den Bernalds hat bestechen lassen", meinte Saskia.

„Oder vielleicht sogar noch mehr Menschen, die bei dieser Intrige beteiligt gewesen sind", sprach August weiter. „Und als Folge hätten dann wieder die Familien des Gendarmen und des Richters mich umbringen müssen und so weiter. Das führt in eine Endlosschleife der Gewalt. Ich stelle mir das wesentlich schlimmer vor, als mit dem Schmerz eines Opfers leben zu müssen. Diese Weltanschauung bringt uns nicht weiter.

Dann gibt es die Philosophen und Juristen der Antike. Ulpian hat im dritten Jahrhundert nach Christus den Begriff „ius suum" geprägt. Das heißt, dass jedem sein Recht zuteil werden soll. Gerechtigkeit wurde als Tugend verstanden. Da gab es die ausgleichende Gerechtigkeit unter Gleichgestellten und die zuteilende Gerechtigkeit zwischen einem Herrscher und seinen Untertanen. Im Laufe der Jahrhunderte gab es unzählige Definitionen und Sichtweisen von Gerechtigkeit. Im 19. Jahrhundert kam der Begriff der sozialen Gerechtigkeit auf, der allerdings oft für die Interessen der eigenen Gruppe missbraucht wurde. Heute versucht man eine Definition für interkulturelle und intergenerationelle Gerechtigkeit zu finden, etwas, das überall und auch in Zukunft Gültigkeit haben soll."

Er machte eine Pause.

„Und wie hilft uns das weiter?", fragte Saskia. „Wie ändert das etwas an der Situation, wie sie ist?"

„Es ändert nichts", meinte August. „Ich fand auch noch den Begriff der göttlichen Gerechtigkeit. Sowohl in heidnischen Zeiten als auch im christlichen Glauben kann man alles, was passiert, als gottgewollt betrachten. Schlussendlich bin ich bei den Stoikern gelandet. Diese griechischen Philosophen sagten – grob zusammengefasst – dass man nur das ändern kann, was innerhalb von einem ist: seine Gefühle, seine Gedanken und seine Handlungen. Das heißt, man kann weder die Umstände noch andere Menschen ändern. Diese Haltung hat mir am meisten geholfen."

„Man kann doch seine eigenen Gefühle nicht beeinflussen!", widersprach Saskia.

„Doch, das kann man sehr wohl", meinte August, „allerdings muss man das trainieren."

„Man nimmt also einfach alles hin, ohne sich zu wehren?"

„Nein, natürlich nicht", erklärte August, „aber wenn man alles getan hat, was man tun kann, hört man auf, gegen etwas anzukämpfen, das nicht zu ändern ist. Wer das nicht tut, versäumt kostbare Lebenszeit. Und verlorene Lebenszeit kommt nicht wieder."

„Und was war mit Erich und seiner verlorenen Lebenszeit?"

„Auch Erich hat irgendwann beschlossen, dass er den Leuten, die ihm so viel Böses angetan haben, nicht noch mehr von seiner Lebenszeit widmet."

„Das nennt man dann wohl Vergebung", sagte Martha.

„Ja, das könnte man so sagen. Wir vergeben anderen, damit wir von einer Last befreit werden."

„Das kapier ich nicht", erwiderte Saskia. „Ich bin anscheinend noch nicht weiter als die Barbaren, die zur Axt greifen und sich brüllend auf den Gegner stürzen."

Alle mussten grinsen.

„In dem Fall müssen wir die Küchenmesser und den Schnitzelklopfer wegsperren“, scherzte Martha.

„Ich finde es bemerkenswert“, sagte Şen zu August, „dass Sie so souverän über der Sache stehen.“

„So souverän stehe ich nicht drüber. Ich muss mich immer wieder mit meinen Gefühlen auseinandersetzen und das ist oft unangenehm. Aber mittlerweile kämpfe ich nicht mehr gegen das, was in mir drin ist. Ich muss nur noch den Schmerz aushalten und verschwende keine Energie mehr, gegen den Schmerz anzukämpfen.“

„Wie macht man das?“, fragte Şen bewundernd.

„Meditation ist ein gutes Training, um die nötige Distanz zu den eigenen Gefühlen und Gedanken zu finden.“

„Ich wusste gar nicht, was für einen weisen Mann ich an meiner Seite habe“, sagte Gertraud und lächelte.

Das Wetter hatte umgeschlagen. Im Gegensatz zu den warmen letzten Tagen herrschte eine für die Jahreszeit typische Inversionswetterlage, die von den Vorarlbergern oft als *grusige Neablsuppa*[55] bezeichnet wird. Die kalte Luft blieb in den Tälern hängen und wurde von einer dicken Wolkenschicht eingeschlossen. Wer Zeit und Gelegenheit hatte, begab sich an solchen Tagen in die Berge, wo strahlender Sonnenschein herrschte und die *Neablsuppa* aussah, als wäre sie ein Meer aus

55) eklige Nebelsuppe

Watte. Schnifis befand sich an diesem Tag unterhalb der Nebelgrenze. Die Sicht war schlecht und es war feuchtkalt. An Tagen wie diesen war es nicht schwer, sich vorzustellen, wie der einäugige Odin die Verstorbenen über den Herbsthimmel jagte.

„Guten Morgen, Frau Amann! Vielen Dank, dass Sie sich Zeit für uns nehmen. Das ist Chefinspektor Heinrich Finster und ich bin Abteilungsinspektorin Fleur Günther. Wir sind von der Abteilung Leib und Leben vom Bezirkskriminalamt Feldkirch. Dürfen wir reinkommen?"

„Sie haben das alles schon gestern am Telefon gesagt. Kommen Sie in Gottes Namen herein", erwiderte die alte Frau mürrisch. Die beiden Beamten folgten Veronika Amann, die sich auf einen Stock stützte, in die Küche, wo sie sich ächzend auf einen Stuhl setzte. Man könnte, dachte Finster, aus diesem Gebäude und seiner Einrichtung ein Heimatmuseum machen. Es roch auch, neben dem typischen Alte-Leute-Geruch, nach Museum, nach altem Holz und kalten Steinen. Die Küche war völlig überheizt. Finster zog seine Jacke aus und hoffte, er würde dieses saunaartige Raumklima bis zum Ende der Befragung aushalten.

„Sie haben noch eine halbe Stunde Zeit, bevor meine Pflegerin auftaucht", brummte Veronika Amann. „Also bitte."

Die beiden setzten sich umständlich auf die recht schmale Küchenbank.

„Frau Amann, wir sind hier, weil zwei Morde passiert sind. Wie Sie wissen, ist Walter Döblinger 1953 ermordet worden und vorgestern ist Hildegard Engel im Wald von Schlins tot aufgefunden worden."

„Was? Die Hildegard ist tot? Was ist passiert?"

„Sie ist erschlagen worden."

„Wann? Wer hat das getan? Und weswegen?"

„Wir haben gehofft, dass Sie uns helfen können dies

herauszufinden, Frau Amann."

„Wie soll ich Ihnen dabei helfen können?"

„Ich glaube, dass Sie Dinge wissen, die für den Fall durchaus wichtig sind."

„Ich? Was soll ich denn wissen? Ich habe die Hildegard seit Jahren nicht mehr gesehen. Und überhaupt – ich kenne sie, weil wir im selben Dorf aufgewachsen sind. Wir haben uns nach der Schule alle paar Jahre zufällig auf Dorffesten oder Adventsmärkte getroffen. Und auch dann haben wir nicht viel miteinander geredet."

Ihre Stimme klang fest und stand in einem seltsamen Gegensatz zu ihrer altersbedingt zitternden Hand.

„Man hat Sie vorgestern in Schlins gesehen."

„Vorgestern?" Veronika Amann dachte nach. „Ja, stimmt, vorgestern war ich in Schlins. Bei einem Gedenkgottesdienst für eine vor einem Jahr verstorbene Freundin. Die Ariana, meine Pflegerin, hat mich zur Kirche gefahren. Da haben mich natürlich mehrere Leute gesehen."

„Davon spreche ich aber nicht. Man hat Sie allein gesehen, und nicht bei der Kirche, sondern am Waldrand."

Die alte Dame zögerte, bevor sie weitersprach: „Ich habe die Ariana für mehrere Stunden weggeschickt. Ich wollte mich mit meinem Enkel treffen."

„Und? Hat dieses Treffen stattgefunden?"

„Ja. Das ist immer so eine Sache mit dem Justin. Auch wenn er fix zusagt, kann man nie wissen, ob er tatsächlich kommt."

„Justin?" Ist Justin Leonhardsberger Ihr Enkel?"

„Ja. Kennen Sie ihn?"

„Und ob."

„Hat er was angestellt? Ist er wieder mal weggelaufen?"

Weil er keine Antwort geben wollte, stellte Finster eine

Gegenfrage:

„Wie war das Treffen mit Justin?"

„Er ist zur Kirche gekommen und hat auf einer Bank neben dem Brunnen vor der Kirche gewartet. Nach der Messe bin ich zu ihm gegangen, und wir sind eine Weile gemeinsam auf der Bank gesessen."

„Und worüber haben Sie geredet?"

„Er war wirklich lieb. Er sagte sogar ‚Oma Noni' zu mir. So hat er mich genannt, als er ‚Veronika' noch nicht aussprechen konnte. Lauter liebe Dinge hat er gesagt. Er sei dankbar, dass ich mich um ihn gekümmert hätte und dass ich ihn nie habe ändern wollen. Das bedeute ihm sehr viel und er danke mir dafür. Ich war ganz gerührt. So kannte ich ihn gar nicht."

„Wie lange haben Sie mit Justin auf der Bank gesessen?"

„Vielleicht eine halbe Stunde oder so. Ich fragte ihn noch, ob er nicht in der Schule sein müsse und er meinte, er habe eine Freistunde. Dann ist er wieder zurück in die Schule gegangen."

„Was haben Sie gemacht, nachdem er weg war?"

„Ich habe auf die Uhr gesehen. Ich hatte noch eineinhalb Stunden, bis Ariana mich wieder abholen wollte. Ich hatte ihr erzählt, dass ich nach dem Gottesdienst bei alten Freunden zum Kaffeetrinken eingeladen sei. Das war gelogen. Meine letzte Freundin aus Schlins war diejenige, deren Gedenkgottesdienst ich besucht hatte.

Als ich auf der Bank saß und mir die Gegend ansah, fiel mir Kreuzwirts Ställe ein. Und so machte ich mich auf den Weg. Ich ging die Kirchstraße entlang und gelangte in den Wald, dort bog ich zum Fischer-Teich ab und dann zum *Töbele*[56] hinauf.

---

56) kleines Tobel (Tobel = trichterförmiges Tal)

Der Anstieg fiel mir wesentlich schwerer, als ich ihn in Erinnerung hatte. Zum Glück hatte die schmale Brücke über den Vernällabach ein Geländer. Sonst hätte ich das nicht geschafft. Danach, als ich aus dem Wald herauskam, ging es recht gut und ich war bald an der Stelle angelangt, wo der Bernald ein weiteres Leben zerstört hatte."

„Was meinen Sie?"

Die alte Frau schien ganz in Gedanken versunken zu sein.

„Frau Amann?"

„Johannes Bernald hat sich nicht nur an kleinen Jungs vergangen, sondern auch an Mädchen", sagte sie, den Blick starr auf die Tischplatte gerichtet.

„Auch an Ihnen?"

Schweigen.

„Ich war 14."

Günther und Finster warteten.

„Ich wurde schwanger."

Finster war froh, dass man die Flüche in seinem Kopf nicht hören konnte.

„Wissen Sie, wie das ist, wenn man noch nicht mal weiß, was Sex überhaupt ist, und dann …?"

„Was ist mit Ihrem Kind passiert?"

„Rosemarie. Ich fand das einen so schönen Namen. Rosemarie. Der Name sollte alles Hässliche überdecken. Ich durfte den Namen aussuchen. Aber sofort nach der Geburt haben die Schwestern das Kind weggebracht. Ich habe ein paar Mal versucht, sie zu finden. Schließlich hat Rosemarie mich gefunden, aber erst, als sie schon über 40 war."

„Ist Rosemarie Justins Mutter?"

„Ja."

„Wusste Johannes Bernald von Ihrer Schwangerschaft?",

fragte Fleur Günther.

„Ich wüsste nicht, wer es ihm erzählt haben sollte. Damals war es noch so, dass mir die Schuld gegeben wurde. Ich war nachher immer nur geduldet, ich war ein Schandfleck."

„Wer wusste, was passiert war?"

„Sobald meine Eltern herausgefunden hatten, dass ich ein Kind bekam, haben sie mich zu den Schwestern ins Kloster gesteckt. Ich war ein gefallenes Mädchen. Ich weiß gar nicht mehr, was sie den Leuten im Dorf erzählt haben. Ich glaube, sie haben gesagt, ich würde eine Ausbildung in einer Hauswirtschaftsschule machen. Jedenfalls war ich fast ein Jahr lang weg von Schlins. Ich glaube, außer meinen Eltern wusste niemand davon."

„Und dann war er wieder im Dorf, der Johannes Bernald", sagte Finster.

„Ja, er war wieder da. Ich hatte es erst mitbekommen, als alles vorbei war. Ich weiß nicht, was ich getan hätte, damals 1953, wenn ich ihm begegnet wäre. Ich musste damals öfter auf den kleinen Gustl aufpassen und hatte wahnsinnige Angst, dass ihm auch etwas passieren könnte. Ebenso so große Angst hatte ich, dass mir das noch einmal passieren könnte. Ich glaube, ich bin dem Gustl damals ziemlich auf die Nerven gegangen, weil ich dauernd seine Hand festgehalten habe und ihn nicht mehr loslassen wollte."

„Wie ist das Verhältnis zu Ihrer Tochter?"

„Wenn sie nüchtern ist, ganz gut. Ich mache ihr auch keinen Vorwurf, dass sie selbstzerstörerisch ist. Ich bin ja zum Teil auch schuld daran, dass sie depressiv ist."

„Heißt ihre Tochter mit vollem Namen Rosemarie Leonhardsberger?"

„Ja. Sie hat einen Stefan Leonhardsberger geheiratet und

Justin erst sehr spät bekommen. Sie war schon fast 50 und hat überhaupt nicht mehr an ein Kind gedacht. Entsprechend überrascht war sie, als sie doch noch schwanger wurde. Das hat sie gefreut, war aber auch völlig überfordert. Und Stefan, den mochte ich nicht."

„Wieso?"

„Der hat alles Mögliche geraucht und geschluckt, von dem ich mir nicht mal den Namen merken konnte. Gearbeitet hat er aber nichts, das hätte die Rosi übernehmen sollen. Ich bin froh, dass er damals verschwunden ist. Man sagte, ein Drogenhandel im Osten sei schiefgelaufen, aber Genaues haben wir nie erfahren. Das ist mir auch egal. Hauptsache, er kommt nie mehr wieder."

„Hatte Stefan Leonhardsberger einen Bruder namens Richi?"

„Ja, die Rosi hat ihn erwähnt. Der war fast 20 Jahre jünger als Stefan, ein Nachzügler. Richard wollte sich um Justin kümmern, nachdem der Vater verschwunden war. Ich hielt das für keine gute Idee. Der war auch nicht viel besser als Stefan. Aber was will man machen?"

„Wissen Sie, ob sich Justin vorgestern am Nachmittag mit seinem Onkel treffen wollte?"

„Das weiß ich nicht. Justin hat aber gesagt, dass er sich vorbereiten wolle und deshalb gehen müsse. Als ich fragte, ob er sich auf eine Prüfung in der Schule vorbereiten müsse, meinte er, er müsse sich auf etwas viel Wichtigeres vorbereiten."

„Hat er etwas von einer Reise gesagt? Vielleicht nach Osten?"

„Nein, er hat nur etwas sehr Seltsames gesagt: Er wolle Weisheit erlangen und das erfordere Opfer."

„Hatte Justin einen Vogelschädel bei sich, als Sie ihn getroffen haben?"

„Einen Vogelschädel? Nein, das hatte er nicht. Jedenfalls habe ich keinen Vogelschädel gesehen. Er mochte Krähen und Raben, das weiß ich. Er hat gern von den Vögeln gesprochen und sie beobachtet, und er hat sich auch immer rabenschwarz angezogen. Einmal, als wir uns letztes Jahr getroffen haben, hatte er eine tote Krähe dabei, die er auf dem Weg gefunden hat. Er hat sie an den Beinen mit einer Schnur zusammengebunden."

„Haben Sie bei dem Treffen vor einem Jahr von Hildegard Engel geredet?"

Veronika Amann dachte nach.

„Wo haben Sie sich damals getroffen? In Schnifis? In Schlins?", drängte Finster.

„Das war in Schlins. Es war nach der Beerdigung besagter Freundin. Genau vor einem Jahr. Justin wartete auf derselben Bank auf mich."

„Haben Sie über Hildegard geredet?", wiederholte Finster.

„Ja, denn Hildegard war ebenfalls auf der Beerdigung. Sie ist zusammen mit anderen Leuten an Justin und mir vorbeigegangen und hat uns zugewinkt. Justin hat mich gefragt, wer das sei. Ich war damals nicht so gut auf Hildegard zu sprechen, weil sie zu allem eine Meinung hat, obwohl sie in Wahrheit ahnungslos ist. Hauptsache sie redete und redete und alle mussten ihr zuhören."

„Lag es auch daran, dass Hildegard einmal gesagt hatte, dass sich kein Mensch mehr an Johannes Bernald erinnern würde und dass diese alten Geschichten niemanden interessieren würden?"

„Woher wissen Sie das? Nun, ich wurde mein ganzes Leben immer wieder an dieses Monster erinnert. Auch wenn alle anderen die Vergangenheit hinter sich lassen konnten, ich konnte und kann es nicht."

„Haben sie das Justin erzählt? Damals vor einem Jahr?"

„Das Wichtigste."

„Wusste Justin, wo Hildegard wohnt?"

„Ja, sie wohnte gleich neben der Kirche und wir haben ihr dabei zugeschaut, wie sie ihre Haustür aufsperrte und hineinging."

„Haben Sie gesehen, ob er die tote Krähe an Hildegards Briefkasten gehängt hat?"

„Nein. Warum? Hat er das gemacht?"

„Er hat sich viel mit den germanischen Göttern beschäftigt. Der Rabe ist ein Tier, das dem obersten Gott Odin zugeschrieben wird. Es könnte ein Symbol gewesen sein – obwohl es eine Krähe und kein Rabe war – oder vielleicht war es als Zauberspruch gedacht."

„So etwas müssen Sie ihn schon selber fragen."

„Wir wissen nicht, wo er ist."

„Er ist also wieder davongelaufen. *Han i mr's doch denkt. Abr i vrkopf mi ned, er isch amol al no wiedr ko.*[57]"

„Noch eine letzte Frage: Kennen Sie einen gewissen Joseph Walser? Er war damals ein Freund von Erich Engel, dem Bruder des kleinen Gustl."

„Der Joseph Walser? Der war ein Cousin von mir, zweiten Grades. Der ist gestorben. Ist schon länger her. Ich habe ihn seit meiner Jugend nie wieder gesehen. Man munkelt, er habe den Erich mit einer Falschaussage ins Gefängnis gebracht, damit die feinen Bernalds weiter die sauberen Herren spielen konnten. Wahrscheinlich haben sie ihm Geld gegeben. Wer weiß? Es gab auch Gerüchte, dass der Joseph bedroht wurde. Er hat gerne mit Männern … Damals konnte man deswegen seine Arbeit verlieren. Manche von denen wurden auch

---

57) Hab' ich's mir doch gedacht! Aber ich mache mir keine Sorgen, bis jetzt ist er immer wieder zurückgekommen.

zusammengeschlagen. Er hatte wohl oft Angst, der Joseph."

Vom Flur her hörte man Geräusche.

„Das ist Ariana. Sie wird sich jetzt furchtbar aufregen, wenn sie Sie sieht. Vorgestern hat sie mich mit dem Auto gesucht, da ich es nicht mehr rechtzeitig zur Schlinser Kirche zurückgeschafft hatte. Ich musste auf einer Bank oben über Schlins rasten. Ich bin dann auf der Bank eingeschlafen. Die Ariana war außer sich, weil sie mich so lange nicht gefunden hat. Die regt sich über alles und noch was auf. Na ja, ich bin ja auch nicht immer so brav, wie sie es gern hätte."

Onkel Richi

„Ah! Gut, dass ihr da seid. Der Bericht der Spurensicherung ist gekommen“, begrüßte Schwärzler seine beiden Vorgesetzten.

„Wunderbar“, antwortete Finster. „Zuerst möchte ich allerdings wissen, ob die Fahndung nach Justin Leonhardsberger etwas ergeben hat.“

„Leider noch nichts, obwohl die österreichischen und die tschechischen Kollegen intensiv nach ihm suchen. Die Tschechen haben den Bericht zum Verschwinden von Justins Vater geschickt. Stefan Leonhardsberger war damals der Dienststelle für Suchtmittel in Vorarlberg bekannt. Entweder ist Stefan Leonhardsberger untergetaucht, oder er ist tot.“

„Gut, dann gib bitte eine Fahndung nach Richard Leonhardsberger hinaus. Er gehört jetzt zu den Hauptverdächtigen.“

Schwärzler bearbeitete die Tastatur seines Computers.

„Richard Leonhardsberger ist amtsbekannt. Hat schon mehrere Gefängnisaufenthalte hinter sich – alle wegen Suchtmitteldelikten. Körperverletzung ist auch dabei. Wenn Justin auch noch ins Drogengeschäft einsteigt, dann können wir von einem Clan sprechen.“

„Eine reizende Familie …“, seufzte Fleur Günther.

„Die Fahndung ist raus. Und jetzt zum SPUSI-Bericht: Die Untersuchung von Renesmee Bocks Kleidern und ihrem Müll hat nichts ergeben. Die einzige verbotene Substanz, die in ihrem Besitz war, war das Meth in dem kleinen Döschen, das sie ihrer Aussage nach von Justin und dessen Onkel erhalten hat. Der Vogelschädel war der einer Rabenkrähe und mehr gibt es dazu nicht zu sagen.“

„Es scheint, dass Renesmee eine Mitläuferin ist. Obwohl sie sich aggressiv gegenüber ihrer Umwelt benimmt, scheint sie echte Nähe zu vermissen. Offenbar hat sich Renesmee eine Freundin gewünscht. Während des Verhörs hat sie ausschließlich die weibliche Form von Justins Namen verwendet. Justin konnte Renesmee für die germanischen Götter begeistern und hat sie so weit gebracht, dass sie alles geglaubt hat, was er ihr erzählte."

„Sie ist sehr naiv", bemerkte Fleur Günther, „wie ein kleines Kind."

„Genau das ist das Problem. Ihr emotionaler Intelligenzquotient ist weit hinter ihrem tatsächlichen Alter zurückgeblieben."

„Die Indizien bestätigen Renesmees Aussage. Allerdings haben wir keinen Anhaltspunkt, wann sie ins Internat zurückgekehrt ist."

„Zurück zum Bericht der Spurensicherung: Die Runen, die wir in Justins Brief gefunden haben, stammen von einer Webseite, auf der man einen Text eingeben kann und dieser Text wird dann in Runen umgewandelt. Wie authentisch das ist, sei dahingestellt. Jedenfalls bedeutet er: Nur die Würdigen dürfen Walhalla betreten."

„Und weiter?"

„Laut den Informationen über nordische Götter, die ich auf die Schnelle ergoogeln konnte, dürfen in Walhalla nur diejenigen eintreten, die in der Schlacht gefallen sind."

„Hat er eine Art Kampf vor, bei dem er sterben möchte, um nach Walhalla zu gelangen?"

„Keine Ahnung", antwortete Schwärzler. „Was auch noch im Bericht steht, ist, dass die DNA, die man auf dem kleinen grauen Stofffetzen, den wir im Wald in der Nähe des Drogendepots entdeckt haben, dieselbe DNA wie auf der Tatwaffe ist. Sie stimmt auch mit dem Fingernagel überein, der im Waldboden am Tatort gefunden wurde. Der Stoff stammt von einer Arbeitshose, wie sie jeder Handwerker trägt. Derjenige, der die Drogen vergraben hat, ist an einem Ast hängen geblieben und hat sich am Bein verletzt. Der Stoffrest war blutig. Auf dem Stein war das Blut des Opfers sowie Hautspuren jenes Menschen, der die Arbeitshose anhatte. Und das ist NICHT Justin Leonhardsberger."

Finster nahm sein Handy und wählte die Nummer von Dr. Peter Apian. Er bat ihn, die DNA, die an der Tatwaffe und dem Stoffrest gefunden worden war, mit der von Richard Leonhardsberger abzugleichen. Die entsprechenden Informationen mussten in der DNA-Datenbank der Polizei vorhanden sein.

„Meier, wie sieht's aus?"

Die in einen weißen Ganzkörperanzug gehüllte Gestalt drehte sich um. Mit Plexiglasbrille und Mundschutz vermummt, antwortete der Kollege von der SPUSI: „Finster! Schön, dass du auch kommst. Sonderegger und mir geht's ganz gut hier." Eva Sonderegger winkte den Kollegen zu.

„Habt ihr etwas gefunden, das bisher übersehen worden ist?"

„Eigentlich nur mehr vom Gleichen", antwortete Meier. „In einer Schublade im Schreibtisch war ein doppelter Boden eingebaut. Wirklich gut gemacht. Darunter waren Meth, Runensteine und Tierknochen versteckt."

„Habt ihr einen Hinweis darauf gefunden, wo Justin sein könnte? Gibt es einen Ort – östlich von hier – der ihm wichtig ist, oder der für ihn eine besondere Bedeutung hat?"

„Bis jetzt nicht. Aber wir sind noch nicht fertig."

„Vielleicht ist sie in Pettneu", sagte eine Stimme hinter Finster und Schwärzler.

Renesmee Bock stand im Flur. Sie trug ein viel zu weites, graues T-Shirt und eine großzügig geschnittene Jeans. In dieser unauffälligen Kleidung hätte Finster sie kaum wiedererkannt. ‚Internats-Kleidung', dachte der Chefinspektor.

„Was meinst du?"

„Justine", Renesmee verwendete konsequent die weibliche Form, „hat mir erzählt, dass ihr Großvater nach Pettneu gegangen war, um zu sterben."

„Hat sie dir gesagt, dass sie dorthin gehen will?"

„Nein", antwortete Renesmee ruhig, „es ist nur so ein Gedanke."

Schwärzler griff zu seinem Handy und rief die Tiroler Kollegen in Pettneu an.

„Renesmee, weißt du noch, ob dich jemand gesehen hat, als du vorgestern aus dem Wald ins Internat gekommen bist?"

„Der Bitsche hat mich wieder mal angemotzt, dass ich mein Zimmer aufräumen soll. Das war gleich nachdem ich die Kristalle versteckt hatte."

„Ist der Bitsche ein Erzieher?"

„Ja."

„Also gleich, nachdem du aus dem Wald zurückgekommen bist?"

„Ja."

„Danke. Wir werden das überprüfen."

Renesmee blieb noch einen Augenblick vor Finster stehen. Sie schaffte es schließlich, Heinrich Finster in die Augen zu sehen. Plötzlich kam sie ihm vor, als wäre sie um die Hälfte ihrer Körpergröße geschrumpft und sah dementsprechend ‚*herzig*'[58] aus.

---

58) niedlich

„Noch eine Frage. Wo ist Justines Versteck, in dem sie die Tierkadaver von den Würmern reinigt?“

„Hinter der Burg führt ein schmaler Fußweg die Mauer entlang. Ein bisschen darunter am Hang hat Justine ein Loch gegraben, wo sie neue Tiere versteckt. Meistens sind es Krähen. Die Stelle ist mit einem X auf einem Stein markiert. X ist die siebte Rune ‚Gebo‘ und bedeutet Gabe. Justine sagt, es ist eine Gabe für die Götter.“

Sie drehte sich um und ging.

„Die Suche in Pettneu wird intensiviert“, berichtete Schwärzler, der sein Telefonat beendet hatte. „Sie werden auch die Wanderwege absuchen. Es handelt sich um ein sehr großes Gebiet.“

„Ich werde jetzt Justins zweites Tierkadaverversteck unter der Burg suchen. Kannst du dich bitte noch einmal bei den Heimbewohnern und den Betreuern umhören und Hinweise sammeln, wo Justin sein könnte? Und finde bitte auch heraus, ob ein Erzieher namens Bitsche Renesmee vorgestern in ihrem Zimmer angetroffen hat und wann das war.“

Der Fußpfad führte direkt an der Burgmauer entlang. Hinter einem umgefallenen Baum fand Finster den mit einem X markierten Stein. Die Erde daneben war locker. Mit einem Stock begann er zu graben und stieß bald auf einen halb verwesten Vogelkadaver. Dann kam ein zweiter zum Vorschein, der sich in einem wesentlich fortgeschritteneren Zustand der Verwesung befand. Viele Knochen waren bereits vom Fleisch befreit.

Nachdem er die Stelle fotografiert hatte, stellte Finster mit einem Seufzer fest, dass es hier nichts mehr zu tun gab. Er stieg wieder zum Fußweg hinauf und stand für einige Augenblicke unentschlossen unter der Burgmauer. Einem Bauchgefühl folgend, ging er die Mauer entlang und kam auf eine große Wiesenfläche hinter der Ruine. An dieser Stelle musste Justin gestanden haben, als er von Gertraud und August gesehen worden war. Finster überquerte die Wiese und war schon bald auf dem breiten Pfad, der das ‚Totengässele' genannt wurde. Zehn Minuten später kam er zur Wegkreuzung, die entweder weiter in den Wald oder über einen anderen Weg zurück nach Schlins führt. Letzteren schlug er ein und fand den Trampelpfad, der zum Tatort führte. Ein rot-weißes Absperrband markierte ihn nach wie vor. Auch die nummerierten Markierungen, an denen Proben entnommen worden waren, befanden sich noch auf dem Waldboden. Finster stapfte zwischen den Bäumen hindurch und stand schließlich genau da, wo er vor zwei Tagen schon einmal gestanden hatte. Die seltsame Verstümmelung des Opfers fiel ihm ein. Er betrachtete das Gelände und stellte sich vor, wo der Täter gestanden haben könnte. Richard Leonhardsberger, war vermutlich damit beschäftigt gewesen, sein Drogendepot auszugraben. Wahrscheinlich war Justin bei ihm gewesen. Vielleicht auch Renesmee. Sie mussten gehört haben, wie sich die vier Senioren schwatzend auf dem Waldweg genähert hatten. Finster bewegte sich dorthin, wo er vermutete, dass der Täter gewesen war, als er zugeschlagen hatte.

Jetzt stellte er sich vor, wie der Täter von Panik erfasst wurde, als das Opfer die Drogen fand. Wie er fieberhaft überlegte.

Hatte er eine Waffe dabei? Eine Schusswaffe? Ein Schuss hätte viel zu viel Aufmerksamkeit erregt. Ein Schuss wäre im gesamten Schlinser Oberdorf zu hören gewesen. Eine Stichwaffe? Es war eher unwahrscheinlich, dass er ein Messer bei sich gehabt hatte. Wenn dies der Fall gewesen wäre, hätte er sich nicht für den Stein entschieden. Sein Telefon meldete sich piepsend und erinnerte ihn daran, dass sein Akku leer war. Er versuchte nachzuahmen, wie der Täter den Stein hochgehoben hatte. Finster hielt den imaginären Stein in beiden Händen, stellte sich vor, wie das Opfer ihn überrascht anschaute und noch bevor die Frau einen Schrei ausstoßen konnte, schlug Finster mit beiden Händen dorthin, wo ihr Kopf gewesen sein musste.

Genau in diesem Augenblick ertönte das Krächzen eines Krähenschwarms, der schimpfend und protestierend aus den nahestehenden Bäumen hochfuhr. Schwarze Schatten stoben durch die Nebelschwaden in verschiedene Richtungen. Eine Krähe flog mit einem lauten Krächzer so nah an Finsters Kopf vorbei, dass dieser zusammenfuhr und sich duckte. Am ihrem rauen Gekrächze hörte er, wie sich die Vögel weiter weg wieder zu einer Gruppe versammelten.

Finster überlegte, ob er wirklich so laut gewesen war, dass er die Tiere hochgescheucht hatte. Als er überlegte, ob Schwärzler ihm eventuell bis hierher gefolgt war, und dieser die Tiere hochgeschreckt haben könnte, sah er im dichten Nebel einen Mann, der auf ihn zukam.

Die Beine des Mannes, die unter den recht dicht stehenden Bäumen sichtbar waren, steckten in einer grauen Arbeitshose. Eine graue Arbeitshose! Ohne sich seines Verdachts sicher zu sein, duckte sich Finster. War es möglich, dass der Spaziergänger, dessen Schritte er nun deutlich hören konnte, Richard Leonhardsberger war? Genauso mussten die Senioren vor zwei Tagen wie aus dem Nichts aufgetaucht sein, während Richard mit Justin hier gekauert hatte. Finster spähte zwischen dem Gesträuch in die Richtung des Mannes.

Verflucht! Direkt vor dem Absperrband stand die graue Hose. Etwas oberhalb des Knies, sah Finster ein Loch im

Hosenstoff. War das Richard Leonhardsberger? Was tat er da? Finster lag flach auf dem schrägen Waldboden. Was sollte er tun? Er spürte, wie die Schusswaffe im Halfter unter seinem Arm drückte. Gleichzeitig dachte er an sein Handy und den leeren Akku. War der Kerl gekommen, um nachzusehen, ob die Drogen noch im Versteck waren? Verdammt! Als nächstes würde er dort nachsehen, wo Finster jetzt lag, denn da war er selbst vor zwei Tagen gelegen.

Irrtum! Ohne Hast drehte sich der Mann um und stakste bedächtig vom abgesperrten Tatort in Richtung Westen. Finster war sich nun sicher, dass er zum zweiten Drogendepot gehen würde. Schließlich konnte er hoffen, dass das Lager, das der Spürhund gefunden hatte, nicht entdeckt worden war. Finster verfluchte seine eigene Schlamperei. Wieso hatte er am Vortag vergessen, sein Handy aufzuladen? Martha. Er hatte bei ihr übernachtet und sein Ladekabel nicht dabei gehabt. Verdammt!

Vorsichtig führte er die Hand zum Reißverschluss seiner Jacke. Langsam begann er, ihn zu öffnen, während er den sich entfernenden Schritten des Tatverdächtigen lauschte. Der Mann durfte ihm auf keinen Fall entwischen! Finster griff in die Jacke. Dabei streifte er mit dem Ellenbogen einen am Boden liegenden Ast, der laut knackend abbrach. Finster hielt den Atem an. Sein Gegenüber sah in Finsters Richtung. Eine Amsel flatterte mit lautem Gezwitscher aus dem Dickicht fort. Der Mann in der grauen Arbeitshose sah der Amsel nach.

Finster nahm seine Waffe aus dem Halfter. Der Mann griff in eine der weiten Taschen der Arbeitshose und ging einige Schritte zurück. Danach war kein Geräusch mehr zu hören. Es war totenstill. Der Andere stand regungslos da, die Hand in der Hosentasche, und stierte in Finsters Richtung. Finster musste sich als Polizist zu erkennen geben. Angestrengt versuchte er zu sich vorzustellen, was sein Gegenüber am ehesten tun würde.

„Chef!?“

Verdammte Scheiße! Schwärzler kam nichtsahnend den nebelverhangenen Waldweg herunter. Der Mann richtete seinen Kopf in Schwärzlers Richtung, der direkt ins Schussfeld spazierte.

Jetzt oder nie!

„Polizei! Keine Bewegung! Hände über den Kopf!“

Finster sprang auf und zielte. Der andere zog eine Pistole und schoss. Finster drückte ebenfalls ab. Ein glühender Schmerz bohrte sich in seine Schulter. Leonhardsberger griff sich ans Bein und begann fürchterlich zu schreien.

„Sofort die Waffe runter!“, brüllte Schwärzler. „Waffe runter! Waffe runter!“

Der Mann zögerte. Durch die Finger, die in seinen Oberschenkel verkrallt waren, rann ein rotes Rinnsal.

„Auf den Boden legen!“

An der Lautstärke der Stimme konnte Finster erkennen, dass Schwärzler näher gekommen war. Der Dealer hielt noch immer seine Waffe in der Hand und betrachtete sein Bein. Schwärzler gab einen Warnschuss ab. Die Kugel schlug im Waldboden ein und ließ Erde und Laub aufspritzen. Nun ließ der Angeschossene seine Waffe fallen.

„Auf den Boden!“, schrie Schwärzler. „Hände auf den Rücken!“ Finster sah, wie Schwärzler die Waffe des Mannes aufhob und einsteckte. Dann legte er ihm Handschellen an. Finster wankte und überlegte fieberhaft, was er gegen den brennenden Schmerz in der Schulter machen sollte. Verzweifelt rang er nach Worten. Rang nach Atem. Versuchte, etwas zu tun. Sich zu bewegen. Plötzlich kam der Boden auf ihn zu.

Schwärzler kostete es einige Mühe, die Beherrschung nicht zu verlieren. Obwohl er vollkommen regungslos mit leicht gekrümmtem Rücken neben Fleur Günther am Verhörtisch saß, konnte sie seine Anspannung spüren. Ihnen gegenüber saß der Verhaftete. Scheinbar lässig lehnte er sich zurück, seinen bandagierten Oberschenkel präsentierte er so auffällig wie möglich. Teilnahmslos stierte er die Wand an.

„Richard Leonhardsberger, Sie werden beschuldigt, Hildegard Engel im Wald auf dem Gemeindegebiet von Schlins mit einem Stein erschlagen zu haben."

Er stierte weiterhin vor sich hin.

„Die Beweislast ist erdrückend."

„Dann ist ja alles gesagt", antwortete Leonhardsberger mit einem hämischen Grinsen.

„Sie geben also zu, Hildegard Engel ermordet zu haben?", fragte Günther, um die Sache klarzustellen.

„Ihr habt ja angeblich genug Beweise. Da braucht ihr doch gar kein Geständnis mehr."

„Stimmt. Wir möchten allerdings gern wissen, wo ihr Neffe Justin ist."

Etwas in seinem Gesicht veränderte sich. Sein Blick sank zu Boden. Anstatt einer Antwort schüttelte er langsam den Kopf.

„Wie genau war Justin involviert, als der Mord passiert ist? Hat er etwas mit der Verstümmelung der Toten durch Vogelschädel und Vogelbeine zu tun?"

Vom Inhaftierten kam ein kurzes, höhnisches Lachen.

„Mein Neffe ist ziemlich durchgeknallt."

„Also war es Justin, der die posthume Verunstaltung der Toten vorgenommen hat?", insistierte die Inspektorin.

„Posthume Verunstaltung", wiederholte Leonhardsberger gehässig, lehnte sich vor und stützte einen Ellenbogen auf die Tischplatte, sodass sich der Abstand zwischen Schwärzler und ihm verringerte. „Ich hab' ja schon öfters erlebt, dass das Gift dem einen oder anderen den Verstand wegbrennt, aber beim Justin war's besonders krass. Er hat ja zuletzt nicht mal mehr gewusst, ob er Mann oder Frau ist. Ich hab' ihm gesagt, dass er die Finger von dem Zeug lassen soll. Ich hab' ihn gewarnt. Er soll beim Gras bleiben, hab' ich gesagt. Ist viel gesünder."

Er klopfte mit der flachen Hand auf die Tischplatte und lehnte sich wieder zurück, so als wollte er Anerkennung für seine Ansichten.

„Sie glauben also, dass seine nichtbinäre Geschlechtsidentität vom Drogenkonsum herrührt?"

„Da kenn ich mich nicht aus. Ist mir alles zu kompliziert. Auf jeden Fall hat er einen gröberen Knall. Gras bringt dich nicht nach Asgard. Das hat er gesagt, der Justin. Odin verlange Mut. Nur wer sich nicht fürchtet, wird in Walhalla eingelassen. Odin verlangt Opfer, von einem Krieger wie auch von einer Schildmaid. Bla-bla-bla."

Leonhardsberger schüttelte den Kopf. Fleur Günther bemerkte eine Veränderung an ihm. Seine Anspannung war verschwunden.

„Vor zwei Tagen haben wir uns im Wald verabredet. Ich treffe mich manchmal mit ihm. Nicht oft – wenn's grad in meinen Terminkalender passt. Dieses Mal wollte er ein Mädchen mitbringen. Ich war nicht grad begeistert. Deshalb habe ich vor unserem Treffen den Großteil der Ware weiter hinten im Wald versteckt und mir dabei die Hose kaputt gemacht. Justin meinte, er wolle das Mädel in die Geheimnisse der Runen und der alten Rituale einweihen und sie formen, damit sie seine

Schildmaid werden könne und später auch in Walhalla eingelassen werde. Ich habe ihn gefragt, was das mit mir zu tun habe. Ich hätte den Schlüssel zu Walhalla, hat er gemeint. Ich habe dann verstanden, dass er das Meth meinte. Na ja, dachte ich mir, wenn du den Jungen schon nicht so weit kriegst, dass er die Finger von dem Zeug lässt, dann kannst du ebenso gut auch neue Kunden anwerben."

„Renesmee und Justin sind zusammen zum Waldspielplatz in Schlins gekommen?"

„Ja, am frühen Nachmittag. Wir waren dann beim ersten Depot. Ich hab' den Plastiksack geöffnet und beiden eine Kostprobe gegeben. Justin hat zugegriffen, aber das Mädchen wollte nicht. Oder besser, Justin wollte es nicht. Er sagte, sie sei noch nicht so weit. Sie müsse noch einiges lernen, bevor sie einen ersten Blick in das Reich der Asen werfen dürfe. Die Kleine hat ihm brav gehorcht und ihre Kristalle weggesteckt. Justin hat sie nach Hause geschickt und sie hat ihm neuerlich gehorcht. Ich war beeindruckt."

Schwärzlers Gesicht war rot vor Zorn, seine Faust ballte sich.

„Justin war ziemlich gut drauf. Das Zeug ist voll eingefahren. Ich hab' nur Gras geraucht. Wir hatten es recht gemütlich im Wald. Leute, die auf dem Weg vorbeigingen, konnten uns nicht sehen. Plötzlich sprang er auf, murmelte, er müsse dringend etwas holen und verschwand. Als er zurückkam, zeigte er mir ein paar Vogelschädel und Beine. Ich hab' ihn ausgelacht und gefragt, wozu er das Zeug brauche. Er konnte mir nicht mehr antworten, denn da kamen die vier Alten vorbei. Wir hörten sie schon von Weitem. Die haben ununterbrochen gequatscht, besonders die eine Alte, die jetzt tot ist. Wir sahen zu, wie sie an uns vorbeigingen und glaubten schon, dass wir aus dem Schneider wären, als die Quasseltante zurückkam. Und nicht nur das.

Als wir mitkriegten, dass sie genau auf uns zukam, konnten wir gerade noch ins Gebüsch hechten und dann stand sie auch schon da. Genau dort, wo wir gerade eben noch gelegen hatten. Vielleicht wäre alles gutgegangen, wenn sie nach dem Pissen einfach wieder verschwunden wäre. Aber nein, sie musste ihre Nase in Dinge stecken, die sie nichts angingen. Ich hab' gleich gemerkt, dass sie die Tüte mit dem Stoff gesehen hat."

„Und dann haben Sie sie mit einem Stein erschlagen."

„Nein."

„Ihre DNA wurde an der Mordwaffe festgestellt, Herr Leonhardsberger, und zwar nur Ihre und die des Opfers", zischte Schwärzler. „Wie erklären Sie sich das?"

Der Verhörte kratzt sich am Kopf, bevor er mit der Antwort herausrückte.

„Er hat Handschuhe getragen."

„Was? Wer?"

„Na der Justin."

„Sie wollen uns also erzählen, dass Justin die Frau erschlagen hat? Ich bitte Sie!" Schwärzler glaubte ihm kein Wort.

„Er war ziemlich zugedröhnt. Die Alte pisste in der Hocke und wir sahen ihr dabei zu. Da sagt er plötzlich, er kenne diese Frau. Ganz außer sich war er und stammelte, dass dies ein Zeichen Odins sei. Er selbst habe Odins Krähe vor ihrem Haus aufgehängt, auf dass sie Weisheit erlangen möge. Lauter solchen Blödsinn, hat er hergelabert."

„Und dann?"

„Dann war die Alte schon dabei, meinen Stoff abzufingern. Als ich noch überlegte, ob es reicht, wenn ich sie erschrecke oder sonst irgendwie anquatsche, stand er schon mit dem Stein neben ihr. Sie war über den Stoff gebückt, als er den Riesenstein mit beiden Händen auf ihren Schädel schmetterte. Ich glaube, der hat nur durch Zufall getroffen, so zugedröhnt wie er war. Die Alte hat's umgehauen und dann lag sie mit ihrem ganzen Gewicht auf meiner Ware. ‚Bist du total deppert?', hab' ich ihn angeschnauzt. Aber er stand nur da. Dann sind die anderen Alten gekommen. Ich hab' gesagt, wir müssen uns verstecken. Sofort! Er stand immer noch da. Ich wollte ihm den Stein abnehmen, doch er klammerte sich daran fest. Ich musste ihm den Stein aus den Händen reißen und ihn ins Gebüsch zerren. Der wäre einfach stehen geblieben."

„Und dann kam die Schwester der Toten und hat Hildegard Engel auf dem Boden liegen sehen."

„Genau. Da kam die nächste Alte und fing an wie blöd zu schreien. Die am Boden hat sich aber nicht mehr bewegt. Die eine, die sie gefunden hat, war völlig durch den Wind, hat herumgezickt und gekreischt. Die beiden anderen Alten haben sie dann weggebracht. Das war meine Chance. Ich bin zu der Alten hin, drehte sie auf den Rücken, schnappte mir meine Ware und verschwand."

„Justin haben Sie einfach zurückgelassen?"

„Der wollte ja nicht. Ich hab' ihm gesagt, dass er mitkommen soll, aber er wollte nicht. Ich bin nicht sein Babysitter. Wenn er nicht will, dann kann ich nichts machen."

„Sie wissen also nicht, wo Justin jetzt ist?"

„Keine Ahnung."

„Wissen Sie, ob er seinen Vater, Ihren Bruder, Stefan Leonhardsberger, sucht? Vielleicht in Tschechien?"

„Wohl kaum. Mein Bruder ist vor über zehn Jahren in Tschechien verschwunden."

„Das wissen wir. Seine Leiche wurde nie gefunden. Es könnte also noch am Leben sein."

„Die Leiche meines Bruders wurde nur deshalb nie gefunden,

weil die in Tschechien gründlich sind. Die arbeiten mit Säure. Die löst alles komplett auf."

„Wer ist ‚die'?"

„Namen kenne ich keine. Versteht mich nicht falsch, selbst wenn ich wollte, könnte ich keine nennen. Stefan hat mir damals nur erzählt, dass er Kontakte zu Tschechen habe und dass die ihn beliefern. Er sagte, er müsse mehr verdienen, damit er seinem Kind eine Zukunft bieten könne. Das, was er bis dahin gemacht habe, das habe nur für ihn und die Rosi gereicht. Kurz vor seinem Verschwinden war er extrem nervös. Er hat mir aber nicht gesagt warum. Nur dass er ein Missverständnis mit den Tschechen lösen müsse. Dann ist er hingefahren und nicht wiedergekommen. Ein paar Wochen später kontaktierte mich jemand – anonym – und fragte, ob ich Interesse an einem Job hätte. Eine verlässliche Quelle habe gute Referenzen über mich abgegeben. Ich war schon teilweise im Geschäft und sie suchten einen Ersatz für Stefan. Aber das ist lange her. Eure Kollegen in Tschechien haben die Brüder, die Stefan verschwinden ließen, einige Zeit später verhaftet und seither ist diese Quelle versiegt."

„Weiß Justin darüber Bescheid?"

„Das Wichtigste weiß er."

„Können Sie sich vorstellen, dass Justin es als seine Aufgabe betrachtet, die Mörder seines Vaters zu suchen und Rache an ihnen zu nehmen?"

„Das kann ich mir nicht vorstellen. Er hat kaum von seinem Vater gesprochen. Es hat ihn auch nur am Rande interessiert, wo, wie und warum er gestorben ist. Jedenfalls bin ich davon überzeugt, dass Stefan tot ist. Wenn ihr unbedingt wissen wollt, wo Justin ist, dann fragt doch seine kleine Freundin."

„Renesmee Bock?"

„Ja, die mit dem bescheuerten Namen. Die ist nämlich gar nicht nach Hause gegangen, so wie Justin es wollte. Die hat sich die ganze Zeit im Gebüsch versteckt. Ich hab' sie erst gesehen, als ich abhauen wollte. Ich hab' mich noch einmal umgedreht, um nachzusehen, ob Justin vielleicht doch noch kommen würde. Da ist sie aus ihrem Versteck gekrochen und zu Justin hin. Das hat mich aber nicht mehr gekümmert. Ich bin nur noch weg."

„Auch wenn dieser Dealer Hildegard Engel nicht ermordet hat – was ja noch lange nicht bewiesen ist – werden sich die Kollegen von der Drogenfahndung über seine Verhaftung freuen."

„Dazu kommt illegaler Waffenbesitz, tätlicher Angriff auf einen Polizeibeamten …"

Fleur Günther wurde bei ihrer Aufzählung von Schwärzler unterbrochen.

„Apropos, wie geht es unserem Chef? Hast du im Krankenhaus angerufen?"

„Das wollte ich gerade machen."

„Als er zum Hubschrauber getragen wurde, war er noch bewusstlos."

„Sie haben dir doch gesagt, dass es ein Durchschuss war und dass dank dir der Blutverlust nur gering war. Du hast alles richtig gemacht, Christian."

Er lächelte schwach.

„Ich glaube, das Schlimmste für unseren Chef wird sein, dass er in Ohnmacht gefallen ist. Diese Schwäche verzeiht er sich nie."

„Wer ist hier schwach?"

Schwärzler und Günther erschraken, denn Finster stand plötzlich in der Tür. Sein linker Arm war in einer Schlinge. Unter seinem halb aufgeknöpften Hemd leuchteten weißen Bandagen, die Schulter und Brustkorb stabilisierten.

„*Säg amol, schpinnscht du komplett? Du g'hörscht is Schpitol!*"[59]

Die Abteilungsinspektorin konnte nicht glauben, dass Heinrich Finster im Büro stand.

„Was soll ich sagen? Die haben mich gehen lassen", murmelte Finster und setzte sich vorsichtig. Seine beiden Kollegen starrten ihn an.

„Aber, Chef … bist du sicher? Soll ich dich nach Hause fahren? Ich meine, das muss man schon ernst nehmen …", stammelte Schwärzler.

„Zu Hause tut es genauso weh wie hier. Allerdings habe ich im Büro euch beide. Und ihr könnt mich bedienen."

Schwärzler wusste nicht, was er antworten sollte.

„Wenn ich die Sorge um mein Wohlergehen gleich schamlos ausnutzen darf, dann möchte ich dich bitten, dass du rüber in die Stadtapotheke gehst, Schwärzler, und mir diese Medikamente holst."

Er zog eine Medikamentenverschreibung aus der Hosentasche und drückte sie seinem Kollegen in die Hand.

„Ja, klar."

„Heinz, ich sehe, es geht dir wieder gut", bemerkte Fleur Günther.

„Na ja … Gibt es etwas Neues?"

Die Abteilungsinspektorin berichtete von Leonhardsbergers Verhör.

---

59) Sag mal, spinnst du komplett? Du gehörst ins Krankenhaus!

„Wir müssen Justin dringend finden“, seufzte Finster.
„Die Fahndung läuft.“
„In der Zwischenzeit bringt ihr mir bitte Renesmee Bock her. Ich muss mich noch einmal mit ihr unterhalten.“

„Renesmee“, begann Finster, „du bist nicht gleich zurück ins Internat gegangen. Es gibt mittlerweile zwei Zeugen dafür. Herr Bitsche hat bestätigt, dass er dich in deinem Zimmer angetroffen hat. Das war aber deutlich nach dem Zeitpunkt, an dem Frau Engel getötet worden ist. Ein weiterer Zeuge hat dich am Tatort gesehen und zwar unmittelbar nach dem Vorfall.“
Dieses Mal saß das Mädchen Finster und Günther ziemlich gefasst gegenüber. Sie schien verstanden zu haben, dass ein infantiler Tobsuchtsanfall nichts bringen würde.
„Du hast alles gesehen, nicht wahr?“
Sie schwieg.
„Renesmee“, Finster legte seine Hand auf den Tisch, eine Geste als würde er ihr anbieten, die Hand zu halten, falls sie das wollte. „Du hast gesehen, dass Justine etwas Schreckliches getan hat.“
Schweigen.
„Stimmt doch, oder?“
Eine Träne rann über Renesmees Wange.
„Justine hat die alte Frau erschlagen und du hast zugesehen.“
Ein leichtes Zittern lief über ihr Gesicht.
„Hat dich das erschreckt?“
Weitere Tränen.
„Renesmee, wir müssen Justine finden. Weißt du, wo sie ist?

Hat sie dir etwas gesagt?"

Schluchzen. Fleur Günther reichte ihr ein Taschentuch.

„Was ist genau passiert, Renesmee?"

Schnäuzen.

„Was hast du gesehen?"

„Also ... ich war ja noch nicht würdig. Ich muss noch viel lernen und da durfte ich nicht dabei sein, wenn Justine mit den Göttern sprach. Aber ich wollte doch was lernen und da dachte ich, ich könnte vielleicht was lernen, wenn ich zuschaue.

Aber die beiden sind nur dagelegen. Justine hat Kristalle in einer Glaspfeife geraucht. Ich hoffte, es würde etwas passieren, mit den Göttern, aber sie sind nur dagelegen, im Wald. Justine ist dann weggegangen. Ich habe mir überlegt, ob ich ihr folgen sollte, aber ich fürchtete, dass sich mich bemerken würde und dann böse auf mich wäre. Also hab' ich einfach gewartet.

Sie kehrte zurück und hat Richi die Vogelschädel gezeigt. Dann kamen die alten Leute. Sie haben keinen von uns bemerkt. Die eine Frau ist zurückgekommen, weil sie pissen musste. Sie war ganz nah bei Richi und Justine. Dann hat sie Richis Sachen gefunden. Richi hat hektisch herum geschaut, aber Justine ist ganz ruhig aufgestanden, hat einen großen Stein mit beiden Händen aufgehoben und hat zugeschlagen. Die Frau ist auf den Boden gefallen, voll auf Richis Sachen.

Dann sind die anderen alten Leute gekommen. Richi hat die Justine zurück ins Gebüsch gezerrt. Die eine Frau hat dann so hysterisch rumgeschrien, dass die anderen beiden sie weggebracht haben. Ich hab' gehört, wie sie telefonierten. Es konnte nicht mehr lange dauern, bis die Polizei da sein würde.

Das hat Richi kapiert. Er hat die Frau umgedreht, seine Sachen gepackt und ist auf und davon. Justine hat es nicht verstanden. Die ist einfach so dagelegen im Gebüsch. Da bin ich zu ihr hin. Ich musste sie von dort wegbringen."

„Und? Hat sie sich wegführen lassen?"

„Nein, das hat sie nicht. Ich bin zu ihr hin. Sie hat sich gefreut, mich zu sehen. Sie hat gesagt, Odin habe ihre Gebete erhört. Sie wolle alles Unrecht, nicht nur ihr eigenes, sondern alles Unrecht auf dieser Welt wieder gutmachen, indem sie das ultimative Opfer bringe.

Sie erzählte, dass sie vorhin die vier Alten bei der Burg gesehen habe. Wegen den Alten hatte sie den Fußweg nicht benutzen können, sondern durch den Wald zurückkommen müssen. Sie sagte, es sei das letzte und entscheidende Zeichen, dass sie und diese Frau gleichzeitig bis zu diesem Punkt über die Erde gewandelt waren. Odin hätte sie beide an dieser Stelle zusammengeführt.

Und dann sagte sie, für sehr wichtige Dinge verlange Odin Menschenopfer. Sie habe es bis zu diesem Zeitpunkt nicht verstanden, aber jetzt verstehe sie, was ihr Schicksal sei. Der Allvater würde zu ihr sprechen. Dies sei das Ende und der Anfang zugleich."

„Was hat sie mit Menschenopfer gemeint?"

„Na, dass sie einen Menschen getötet hat. Das verlangt Mut. Das kann nicht jeder. Odin weiß so etwas zu würdigen. Er hat ihr auch schon ein Jahr vorher gezeigt, dass diese Frau sich für ein Opfer gut eignen würde. Justine hat an ihr Haus eine Krähe gehängt, als Zeichen von Odin.

Sie hat gesagt, dass sie sich jetzt ganz sicher ist, dass sie in Walhalla eingehen dürfe. Sie werde Loki treffen, den Wandler zwischen allen Gegensätzen, dem sei sie ziemlich ähnlich. Sie werde Odin treffen und Frigg und Thor und alle. Sie werde endlich dorthin gelangen, wo sie hingehöre."

Renesmee hielt inne.

„Was ist dann passiert? Hat Justine die Vogelschädel und Vogelbeine auf das Gesicht der Toten … gegeben?“

„Das wollte sie, damit Odin das Opfer erkennt. Dass er es als ihre Eintrittsgabe in Walhalla erkennen solle. Sie hat die Knochen schon hergerichtet und wollte zum Opfer gehen. Ich sagte ihr, dass sie sich beeilen müsse. Justine hat nicht auf mich gehört, sondern in aller Ruhe Knochen ausgesucht und gebetet. Aber dann …“

„Was?“

„Dann hab‘ ich was gesehen.“

„Was? Was hast du gesehen, Renesmee?“

„Die Frau hat sich bewegt.“

„Was! Sie hat noch gelebt?“

Finster und Günther waren sichtlich schockiert.

„Sie hat ein ganz leises Geräusch gemacht. Ihre Hand hat sich bewegt. Dann hat sie sich auf einen Ellenbogen gestützt.“

„Sie hat noch gelebt!“ Günther sprach sehr leise.

„Da war ein Stein. Er war richtig groß und lag gut in meiner Hand. Ich habe Justine gesehen, wie glücklich sie aussah. Ihr Gesicht war so friedlich, als sie mit ihren Knochen betete. Wenn sie das Opfer an Odin nicht bringen konnte, dann … ich meine, das wäre so schlimm für sie gewesen, das …“

„Und da hast du der sitzenden Frau von hinten mit einem Stein auf den Kopf geschlagen?“

„Ich musste schnell sein, bevor Justine etwas merkte. Es ging leichter, als ich dachte. Ein ordentlicher Schwung und sie fiel wieder um und lag da wie vorher. Auf dem Rücken, mit offenen Augen. Ich habe auch ein Knacksen gehört, als der Stein den Kopf traf. Gleich danach ist Justine neben mir gestanden. Sie hat nichts mitbekommen. Ich sagte ihr, sie solle sich beeilen mit dem Ritual. Sie hat auch gleich angefangen. Ich sah nur kurz zu. Dann spürte ich plötzlich den Stein in meiner Hand. Er war plötzlich heiß und schwer. Ich sah noch einmal in Justines Gesicht. Sie war so schön wie noch nie. Dann ging ich zurück ins Internat. Den Stein habe ich mitgenommen. Später, als es dunkel war, bin ich nochmal raus und hab' den Stein in den Giesenbach geworfen. Der ist tief genug."

Die beiden Polizisten waren sichtlich betroffen.

„Wo ist Justine jetzt?"

„Sie ist nach Osten gegangen, der aufgehenden Sonne entgegen, um Odin zu begrüßen."

„Nach Pettneu im Tirol?"

„Ja. Sie sagte, sie müsse dort die Sünden der Väter wieder gutmachen. Einer ihrer Vorfahren hatte sich versündigt."

„Ihr Großvater, Johannes Bernald?"

„Ja, der hat Odin erzürnt. Und deswegen mussten seine Nachfahren Odins Zorn ertragen. Darum habe sie den Namen ‚die Gerechte' oder ‚die Rechtschaffene' bekommen, weil es ihre Aufgabe war, das Recht wiederherzustellen. Sie hätte lange nicht gewusst, wie sie das machen solle. Aber jetzt sei ihr alles klar. Sie müsse nach Pettneu. Dort würde sie den Ort finden, an dem der Allvater allen das zukommen lassen werde, was sie verdienen."

„Die Bergrettung steht uns zur Seite und hilft mit, das Gebiet rund um Pettneu abzusuchen", informierte Fleur Günther den Chefinspektor. „Es gibt einige abgelegene Seitentäler und das Wetter ist leider nicht auf unserer Seite: dichter Nebel und ein herannahendes Tiefdruckgebiet."

„Gut. Wir bleiben dran."

„Möchtest du nicht doch Hause gehen und dich ein wenig ausruhen? Du siehst müde aus."

„Vielleicht hast du recht."

„Ich weiß, dass ich recht habe."

„Wenn ihr auch nur das Geringste findet, will ich augenblicklich informiert werden!"

„Keine Sorge, Heinz. Ich scheue mich nicht davor, dich in den frühen Morgenstunden aus dem Bett zu scheuchen."

Ich irre nun schon stundenlang durch den nebelverhangenen Wald. Alle Bäume sind nackt und schwarz. Dazwischen nur weiße Luft. Ich muss im Kreis gegangen sein. Wie sonst ist es möglich, dass dieser Wald einfach nicht aufhören will? Die Stämme der Bäume fühlen sich nass und kalt an. Auch wenn ich immer wieder an einem Baum hochsehe, kann ich selbst oben nichts erkennen. Was ist das nur für ein Ort?

Ist da nicht etwas? Ich sollte mich nicht so hastig umblicken. Ich muss Ruhe bewahren. Ist da nicht eine Stimme? Eine ganz schwache? Ruft da jemand meinen Namen?

Ich muss weiter. Die Stimme wird deutlicher. Es ist eine raue, krächzende Stimme. Fast wäre ich gestolpert. Noch ein bisschen weiter. Wieder nichts als schwarze Bäume zwischen weißem Nebel. Jetzt ist die Stimme nahe, sehr nahe. Ja, sie ruft nach mir. Wer ist das? In diesem dichten Nebel kann ich nichts erkennen.

Da! Die Stimme kann nur wenige Meter von mir entfernt sein. Sie krächzt meinen Namen noch einmal. Kann es sein? Bin ich wirklich neben einer Esche stehengeblieben? Woher weiß ich nur, dass es sich um eine Esche handelt? ich kenne mich bei Bäumen noch nicht so gut aus, kann nur Fichten und Buchen und Ahornbäume voneinander unterscheiden. Aber nun bin ich mir ganz sicher, dass ich neben einer Esche stehe.

Warum habe ich plötzlich so ein ungutes Gefühl? Da! die Stimme krächzt meinen Namen erneut. Sie kommt von oben. Ich werde einen Blick wagen. Langsam! Behutsam! Es ist ein bemerkenswert großer und kräftiger Baum.

Kann es wahr sein? Ich habe Yggdrasil, die Weltesche, gefunden! Oder hat sie mich gefunden? Oben im Geäst ist etwas Großes, etwas Bedrohliches.

„Réttlæti", krächzt die raue Stimme in der Sprache der Götter. Da! Da ist der Einäugige, oben in der Esche auf seinem Thron. Auf seinen Schultern sitzen die zwei Raben, Hugin und Munin, die abwechselnd meinen Namen krächzten: „Retfærdig" Das ist eine andere Sprache, eine, die nicht so alt ist.

Es schaudert mich. Der Einäugige stiert mich mit seinem einen Auge kalt an. Ich erkenne Zeichen am Fußende des großen Throns. Das sind Runen, aber ich kann sie nicht lesen.

Jetzt reicht der Einäugige mir die Hand. Es liegt nun an mir, diese zu ergreifen. Bin ich denn würdig? Von dort, wo der Einäugige mich hinbringen wird, gibt es kein Zurück mehr. Ich hebe meine Hand ein wenig.

„Rettferdig!" Wieder eine andere Sprache. Ich lasse meine Hand besser bei mir. Was ist das? Jemand steht direkt neben mir, der meinen Namen scharf in mein Ohr zischt. Es ist nicht der Einäugige. Ich spüre einen heißen Atem an meinem linken Ohr. Etwas Zartes hat für den Bruchteil einer Sekunde mein Ohr berührt.

Ich wage nicht, mich umzusehen. Wer steht so plötzlich neben mir?

„Rehtvertic", wieder nennt die zischelnde Stimme meinen Namen in einer weiteren Sprache und wieder berührt etwas mein Ohr. Ist es

eine Hexe? Ein Zauberer? Eine züngelnde Schlange? Ich versuche, meinen Kopf nach der Stimme umzudrehen, aber es gelingt nicht. Ist es ein Mann oder eine Frau? Aus dem Augenwinkel kann ich erkennen, dass eine bleiche Gestalt links neben mir steht, deren kantiger Kopf von einem schwarzen Kopftuch umrandet ist.

„Rechtfertiger" Jetzt haucht die Zaubergestalt meinen Namen nur noch, aber dieses Mal ist ihr Atem brennend heiß und rinnt über meinen Hals in meinen Brustkorb, wo er wie ein glühendes Stück Kohle hängenbleibt. Aus dem Augenwinkel kann ich erkennen, dass die Lippen der Gestalt blutrot sind. Nein, sie sind sogar voller Blut, die rote Flüssigkeit rinnt in einem kleinen Rinnsal aus einem Mundwinkel heraus.

Mit aller Kraft versuche ich, meinen Kopf zu der Erscheinung hinzudrehen. Der brennende Schmerz in meinem Brustkorb strahlt in den Rest des Körpers. Ich weiß nicht, warum, aber es ist unbedingt notwendig, dieses Geschöpf zu sehen. Unter Qualen gelingt es mir schließlich. Gerade so weit, dass ich für einen kurzen Moment in das Gesicht des Wesens sehen kann. Es ist ein lächelndes Gesicht voller Bartstoppeln, ein leichenblasses, verführerisch lächelndes Gesicht, das weder weiblich noch männlich, weder alt noch jung ist. Und mitten in diesem Gesicht ist ein roter, mit Blut getränkter Mund, der zwischen den blutverschmierten Zähnen eine volle, reife Kirsche festhält. Ich bin mir nicht sicher, ob ich richtig gesehen habe, aber ich könnte schwören, dass das Blut, das über die Lippen und das Kinn rinnt, dass dieses Blut – aus der Kirsche kommt.

Ich bekomme Angst. Ich weiß, dass alles Übel seinen Ursprung in dieser Kirsche nimmt. Trotzdem, oder vielleicht gerade deswegen, will ich diese Frucht haben. Warum zieht mich diese Kirsche so an? Diese Frucht lockt auf unwiderstehliche Weise, will mich dazu verführen, sie ganz für mich zu haben. Ich weiß, dass sie mir ungeahnte Dinge zeigen könnte, dass ich, wenn ich im Besitz dieser Kirsche wäre, Macht haben würde, die mir sonst niemand geben könnte, dass ich Wissen erlangen würde, das ich nur durch ihren Besitz erlangen kann. Ich muss die Kirsche haben! Unter unsäglichen Schmerzen versuche ich, mich umzudrehen und nach der Frucht zu greifen. Vergeblich. Ich kann mich nicht bewegen, stehe steif und starr da. Der Schmerz in der Brust ist stärker geworden.

Aus dem Augenwinkel erkenne ich, dass sich die Gestalt langsam von mir zurückzieht. Immer noch gefährlich lächelnd, entschwindet das Wesen aus meinem Gesichtsfeld.

Ich will schreien, die Erscheinung zurückrufen. Doch es ist umsonst.

Jetzt spricht der Einäugige mit tiefer, dröhnender Stimme vom Baum herab. Ich kann die Worte nicht verstehen, ich kenne nicht einmal die Sprache, in der sie gesprochen werden. Trotzdem verstehe ich die Botschaft:

‚Rechtschaffener, du musst dich als würdig erweisen!'

Jetzt weiß ich auch, warum ich die Runen nicht lesen kann. Ich bin noch nicht würdig. Der entscheidende Schritt fehlt noch. Ein letztes Opfer ist noch zu vollbringen.

Der Einäugige zieht seine Hand zurück und entschwindet im Nebel, langsam und unaufhaltsam.

Jetzt bin ich wieder allein. Sogar die Bäume sind verschwunden. Es gibt nur noch Nebel um mich herum.

Doch der Einäugige hat mir den Schlüssel gegeben. Vor mir auf dem Boden liegt ein Ast der heiligen Weltesche. Er liegt wunderbar in der Hand und hat genau die richtige Länge. Ich klappe das geweihte Messer auf. Ich bete und schabe Splitter für Splitter von einem Ende des Astes. Es ist so weit. Der Eschenstock ist angespitzt.

Ich weiß, was zu tun ist. Ich bin bereit. Ich werde erwartet. Der Einäugige ruft mich zu sich, als Seinesgleichen. Hier ist eine geeignete Stelle zwischen den Wurzeln. Hier passt das stumpfe Ende des

Astes genau hinein. Der Ast steckt fest und senkreckt im Wurzelwerk.

Ich kniee vor dem spitzen Stock. Ich bete zu Odin, dem Einäugigen, dem Allvater, ich möge durch die Opfergabe des Auges in Walhalla aufgenommen werden. Ich werfe mich mit aller Heftigkeit auf den Eschenstock. Jetzt!

„Wie hat man ihn gefunden?", wollte Fleur Günther wissen.

Heinrich Finster hatte soeben das Telefongespräch mit seinem Kollegen in Sankt Anton in Tirol beendet. Die Suche nach Justin hatte wegen des schlechten Wetters drei Tage gedauert.

„Heute Morgen hat sich ein Jäger bei den Tiroler Kollegen gemeldet. Er war sehr früh in seinem Ansitz, als er einen Fuchs bemerkte, der etwas Seltsames im Maul trug. Er erlegte den Fuchs. Das, was er im Maul mit sich trug, war ein menschlicher Finger."

„Justins Finger?"

Finster nickte. „Man hat daraufhin die Hundestaffel zu dem Jägeransitz geschickt. Sie mussten recht lange quer durchs steile Gelände streifen. Aber schlussendlich haben sie ihn oberhalb von Schnann, der Nachbargemeinde von Pettneu, mitten im Wald in unwegsamem Gelände gefunden. Er war schon mehrere Tage tot."

„Überdosis?"

„Sieht eher nach rituellem Suizid aus."

„Oh Gott."

„Er hat sich mit dem linken Auge voran in einen spitzen Stock gestürzt."

„Was?"

„Der Stock war zwischen Wurzeln eingeklemmt. Er muss sich darauf fallen lassen haben. Der Stock hat das Auge und die Augenhöhle durchbohrt und ist bis ins Gehirn eingedrungen. Der Tod dürfte sehr schnell eingetreten sein."

„Ist Fremdverschulden auszuschließen?"

„Ja. Es gibt keine Anzeichen, dass außer Justin weitere Personen im Umkreis gewesen sind. Man hat seinen Rucksack gefunden. Neben allerlei rituellen Gegenständen, wie den uns bereits bekannten Tierschädeln, Runensteinen, einem mit Runen verzierten Klappmesser und so weiter war auch ein beachtlicher Vorrat an Meth dabei. Wie viel er davon im Blut hatte, wird die Obduktion ergeben."

Ein Schild mit der Aufschrift ‚Geschlossene Gesellschaft' hing an der Tür der ‚WEIN.LESE. Gertraud und August standen mit zwei großen Töpfen davor. Saskia sah ihre Großmutter, hüpfte zur Tür und sperrte auf.

„Oma! Gustl! Kommt rein! Şen und seine Mutter Marielle sind auch schon da."

„Ich habe *Bluomokohlsuppe*[60] gemacht und Gustl seine berühmten *Rindsvögl*[61]".

„Super", freute sich Saskia, „stellt es am besten gleich auf den Tisch. Die Salate sind von Şen und Marielle. Mama hat das Kartoffelpüree gemacht und Heinrich kümmert sich um das

60) Blumenkohlsuppe / Karfiolsuppe
61) Rindfleischrouladen mit Karotten, Essiggurken und Speck gefüllt und in einer Bratensoße gedünstet

Dessert. Ein richtiger Potluck!"

„Ein was?"

„Ach Oma", Saskia spielte Verzweiflung, „du bist so süß. Potluck heißt, wenn jeder was zu essen mitbringt. Damit nicht einer alles kochen muss. So wie jetzt eben."

Martha kam mit ein paar Flaschen Wein aus dem Hinterzimmer. Fast gleichzeitig klopfte es erneut an der Glastür. Dieses Mal öffnete Saskia die Tür für Heinrich Finster und dessen Tochter Alina, die eine Schulkollegin von Saskia war.

Alina platzierte ihren selbstgebackenen Marmorgugelhupf stolz auf der Vitrine. Finster musste sich die Bemerkung gefallen lassen, dass er wieder einmal jemanden gefunden habe, der das Kochen für ihn übernommen habe. Er antwortete, dass dies bestimmt besser für alle Beteiligten sei.

Als man anfangen wollte, das Essen zu verteilen, klopfte es neuerlich an der Tür. Margot Zimmermann stand mit einer Flasche in der Hand davor. Gertraud stand auf. „Ach, entschuldigt, ich habe völlig vergessen euch zu sagen, dass Gustl und ich Margot eingeladen haben. Hildegards Tod hat sie schwer mitgenommen. Wir dachten, sie würde gut in diese Runde passen. Ich habe es vergessen, zu erwähnen, da Margot nicht sicher war, ob sie kommen würde oder nicht. Ich hoffe, das ist in Ordnung."

„Aber natürlich, Mama. Es ist schließlich genug zu essen da", sagte Martha. „Saskia, holst du noch ein Gedeck?"

Gertraud ließ Margot herein.

„Freut mich sehr, dass du gekommen bist", begrüßte sie Margot.

Die alte Dame betrat etwas unsicher das Lokal.

„Ich hoffe, ich störe nicht."

„Du kommst gerade richtig. Wir wollten jetzt mit dem Essen anfangen."

Margot bedankte sich und stellte die mitgebrachte Flasche auf den Tisch.

„Ich weiß nicht, ob ihr das passend findet, aber ich habe eine Flasche *Fraxner Kriasiwasser*[62] mitgebracht. Das war einer von Hildegards Lieblingsschnäpsen. Und ich dachte …"

Sie stockte.

„Klar, doch!" Saskia sprang auf, ging hinter die Theke und verkündete: „Dieses Mal trinken Alina und ich auch mit. Die paar Monate bis wir volljährig sind, machen jetzt auch keinen Unterschied mehr."

Sie lud Schnapsgläser auf ein Tablett und bevor Martha oder Finster Einwände vorbringen konnten, stand vor jedem ein Glas.

Lächelnd öffnete Margot die Flasche, doch plötzlich hielt sie inne. Es war ihr anzusehen, dass es für sie ein Art Trauerzeremonie war. Sie stellte die Flasche wieder ab. Da stand Gustl auf und sagte: „Ich mach das, Margot. Hildegard freut sich bestimmt, dass du hier mit uns auf sie anstoßen willst."

„Möchtest du etwas sagen, Margot?"

„Es gäbe so viel zu sagen, ich weiß gar nicht wo ich anfangen soll … Ich möchte euch allen danken, dass ihr so viel für uns getan habt. Danke, dass ich heute dabei sein darf."

Feierliche Stille breitete sich aus, bis Gustl das Glas erhob und verkündete: „Auf Hildegard und auf das Leben! Egal, wie lange es auch dauern möge."

---

62) Kirschschnaps aus dem Bergdorf Fraxern

Danksagung

Mein Dank geht an die Familie von Willi Doldinger und an die vielen Schlinserinnen und Schlinser, die mir aufgeschlossen und entgegenkommend so vieles berichtet haben. Aus ihren Erinnerungen und einigen wenigen schriftlichen Quellen setzt sich die Grundlage für dieses Buch zusammen.

Ebenso möchte ich mich bei den Mitarbeiterinnen der Bibliothek Schlins bedanken, die mich dazu ermutigt haben, diesen Teil der Schlinser Geschichte als Basis für einen Roman zu verwenden.
Danke an Alexandra, Margit, Christiane, Ina und Marcelle für ihre Korrekturen und Anregungen.

Vielen Dank an Gerhard Loibelsberger für die sehr lehrreiche Lektorierung und an Peter Natter für das Korrektorat.

Besonderen Dank möchte ich meiner Verlegerin Nina Winkler aussprechen, die mich mit ihren kreativen Ideen tatkräftig unterstützt und fördert.

KRIMINAL

Die Nachricht [...] dem Knabenmord im [...]garten von Luzern er[...]ckt in Schlins in Vorarlb[...] tiefstes Mitempfinden, gepaart mit Abscheu vo[...]em Burschen, der die Tat gesetzt hat. Man er[...]ert sich in dem kleinen friedlichen Ort wiede[...] jene Tage vor dreizehn Jahren, als der Kn[...] Willy Doldinger vom Musikfest nicht [...] nach Hause kam. Noch am Abend, nachdem [...] Posaunen verpackt waren, begannen Freiwillige zu suchen. Zunächst im Ort, in den Häusern der Gespielen Willys, dann bei den Verwandten und Bekannten; schließlich, nachdem der Knabe nicht zu finden war, dehnte man die Suche auf die Wälder aus. Als der Morgen graute, beteiligten sich die meisten Menschen von Schlins, darunter auch die Schulkollegen Doldingers, acht-, neun- und zehnjährige Knaben, an der Suche.

Einige dieser Knaben hatten ein erstaunliches Erlebnis: Sie sahen, als sie zwischen den Sträuchern des Waldes stöberten, plötzlich eine in Schwarz gekleidete Frau geistesabwesend, wie in Trance, einen Waldweg entlanggehen. In ihren Armen trug die Frau einen etwa eineinhalb Meter großen, mit einem weißen Laken bedeckten Gegenstand.

Die Knaben duckten sich verängstigt. Die Frau wirkte gespensterhaft – sie murmelte Gebete – und schien für das, was um sie herum vorging, kein Empfinden zu haben.

In Schlins wußte man sofort, was man von der Schilderung der Knaben zu halten hatte. Gerade darum war man äußerst besorgt. Elmar Bernhard, der Sohn einer aus der Schlinser Gegend stammenden Familie, die nach Bregenz verzogen war, war anormal. Er pflegte schwarze Frauenkleider anzulegen und, dergestalt verkleidet, Knaben anzusprechen.

Als man die Schilderung der Knaben gehört hatte, erinnerten sich plötzlich auch etliche Erwachsene, die „Dame in Schwarz" beim Musikfest gesehen zu haben. Und plötzlich waren auch Zeugen da, die angeben konnten, daß sie den verschwundenen Willy Doldinger mit der „Dame in Schwarz" beim Würstelstand stehen gesehen hatten; und man erinnerte sich sogar, den Willy mit der „Dame in Schwarz" in Richtung Wald gehen gesehen zu haben.

Die Gendarmerie begann mit den Recherchen zur Ausforschung des Elmar Bernhard, von dem man wußte, daß er bereits einmal einschlägig vorbestraft war.

Die nächste Überraschung erlebten die Kriminalisten, als sie bei den Eltern Bernhards nach seinem Verbleib fragten. Man zeigte ihnen einen Abschiedsbrief Bernhards. In Bozen geschrieben. Er teilte mit, daß ein Ereignis ihn zwinge, aus dem Leben zu scheiden. Ein Zurück gäbe es für ihn nicht mehr.

Auf Grund des Briefes Bernhards konnten die Gendarmen aber als absolut sicher annehmen, daß dieser mit der Tat in direktem Zusammenhang stand, denn erstens hatte Bernhard in Schlins Verwandte, zweitens hatten ihn mehrere Zeugen gesehen.

Im Zuge der routinemäßigen Überprüf[...] dieser Möglichkeit stellten die Beamten a[...] fest, daß Bernhard am Sonntag, und zwar a[...] Nachmittag bis in die Abendstunden, in d[...] Nähe vor Mehrerau im Bod[...]see [...]badet und einwandfrei von[...]

PARALLELEN ZWISCHEN LUZERN UND SCHLINS/VLBG.

KN[...]

Elmar Bernhard wurde kurz darauf in [...] Wäldchen in der Nähe des Bahnhofs Pettn[...] einem Baum erhängt aufgefunden.

*

Für die Kriminalisten Vorarlbergs war e[...] vordringlich, die Leiche des Knaben zu f[...] und die Identität der „Dame in Schwarz" z[...]mitteln, in deren Begleitung man den kl[...] Willy gesehen haben wollte.

Es war bereits Mittwoch geworden, drei [...] nach dem Verschwinden Willys, und man [...] es als ganz sicher an, daß der Knabe das [...] eines Verbrechens geworden war.

In den Mittagsstunden dieses Mittwochs [...] Frau Doldinger die Straße, die von Schlins [...] führt, entlang. Ein Motorrad näherte sich. E[...] der Schulleiter Matt. Er fuhr nicht vorbei, [...]dern blieb stehen. Frau Doldinger hörte, da[...] Roß des Bauers Amann ihren Sohn erm[...] in der Mistrinne eines Stalles gefunden hatte[...] tote Knabe war so gut mit Streu zugedeckt[...]

Am 5. Juli 1953 wurde in Schlins in Vorarlberg ein 9jähriger Bub auf grauenhafte Weise erdrosselt. Drei Wochen später nahm man den 22jährigen Ernst Meyer fest. Seit damals schwört er, schuldlos zu sein – vergeblich. Nach einem Freispruch im ersten Prozeß bekam Meyer in zweiter Instanz „lebenslang". – Gezählte 11.952 Tage später wurde er auf Bewährung entlassen. Jetzt kämpft Ernst Meyer, mittlerweile 56 Jahre alt, um seine Rehabilitierung.

32 Jahre hinter Gitter

Da sitzt er also, dieser Ernst Meyer, der einen kleinen Buben ermordet haben soll. Sitzt in seiner kleinen Wohnung in Wien-Josefstadt und lächelt freundlich. „Wie geht's Ihnen?", frage ich, und nochmals: „Wie geht's Ihnen denn – wieder in Freiheit?"

Ich dachte, jetzt wird er mir die Geschichte seines Lebens erzählen; eines Lebens, das ihm gestohlen worden war. Wird toben und schluchzen und all jene verdammen, die ihn, den Schuldlosen, hinter Gitter geschickt haben . . .

Nichts von alledem. Ernst Meyer genießt seine Freiheit wie . . . ja, eben wie einer, der 32 Jahre, acht Monate und 20 Tage lang eingesperrt war.

Die Entlassung freilich war ein Schock. Meyer stand buchstäblich Todesängste aus: „Dieser Verkehr! Vor 30 Jahren hat vielleicht jeder Hundertste ein Auto gehabt. Aber heute – schrecklich!"

Dann die Rolltreppen: „So was hab' ich ja noch nie gesehen. Ich hab' mich nicht fahren 'traut!"

Und daß ein Anzug nicht mehr 400 Schilling kostet, hat ihn ebenfalls maßlos überrascht.

U-Bahn, Hochhäuser, Supermärkte: In seinem Kopf war noch die Welt, wie sie 1953 ausgesehen hatte. Das Wien von 1986 hat ihn erschreckt.

Und Meyer erzählt, langsam und bedächtig, kein Detail auslassend. Aber daran hat er sich in den vergangenen 32 Jahren halt gewöhnt: Zeit spielt keine Rolle.

Zeit ist das einzige, wovon ein „Lebenslanger" mehr als genug hat.

● Die Tat: „Ich war zur Tatzeit mit einem Bekannten auf einem Musikfest. Später hat dieser Mann gesagt, ich sei mehr als eine Stunde lang weggewesen."

In dieser Stunde soll Ernst Meyer einen Buben ermordet haben, den er nie zuvor gesehen hatte.

● Der Prozeß: „Es gab natürlich nur Indizien. Und die waren falsch!" Aber man glaubte Meyer. Er ging frei – Berufung. In zweiter Instanz sprachen ihn die Geschworenen mit einem Freispruch ... Und Ernst Meyer verschwand für 11.952 Tage hinter Gittern.

● Die ersten Tage, Wochen, Monate: Herr Meyer, sage ich, da muß man doch durchdrehen! Schuldlos eingesperrt, Zelle zu, Riegel vor, und wissen: so bald komm' ich da nicht mehr heraus – was macht man da? Selbstmord?

Ernst Meyer redet zwar viel, aber er ist kein Schwätzer. Ja ja, anfangs habe er „mit dem Schädel durch die Wand" wollen, jetzt wirklich alle

VON CHRISTOPH BIRÓ

umbringen, Zeugen, Richter, Polizei; aber das habe sich bald gegeben. Seine Therapie: Ablenkung. Lesen. Nicht nachdenken.

Und auf keinen Fall Selbstmord. Denn nur das hat ihn ja durchhalten lassen: „Ich war's nicht – und das werde ich beweisen. So geh' ich nicht ins Grab!"

Meyer bombardierte die Behörden. Eingaben, Beschwerden, Gnadengesuche – gut 30 Stück . . .

Man bedauerte: Dieser Mann ist ja nicht schuldeinsichtig, sagten die Psychiater, der bestreitet die Tat ja noch immer! Den dürfen wir nicht 'rauslassen!

Und Meyer konnte nichts anderes sagen als: „Was soll ich denn machen – vielleicht etwas zugeben, was ich nicht getan habe?"

Zelle zu, Riegel vor. Aus, Schluß, basta. Tag für Tag, Woche für Woche, Jahr für Jahr. Nummer 5147, lebenslang: 23 Jahre in Garsten, sechs Jahre in Stein, drei Jahre am Mittersteig in Wien.

Meyer schluckte. Und betete. Ja, er ist praktizierender Katholik. Meyer: „Schau schau, haben's immer gesagt, in die Kirche geht er, der Heuchler!"

Herr Meyer, das gibt's doch nicht! Verliert man da denn nicht den Glauben? Haben Sie nicht Hunderte Male die Fäuste zum Himmel gereckt und geflucht?

Nein, sagt er, Gott muß es so gewollt haben. Alles ist Fügung.

Es waren schlimme Minuten, als wir dieses Foto in der Kirche gemacht ... nieder und betete, und die Fotografin tänzelte um ihn herum und drückte ab, von links, von rechts, von vorne, Ernst Meyer betete still, mit gefalteten Händen – eine fast intime Situation – und ich habe mich geniert.

Er freilich genießt sein zweites Leben wie kein anderer – es hatte mit einem Tiefschlag begonnen:

Ernst Meyer war also nach mehr als 32 Jahren entlassen worden, mit 21.039 Schilling und 87 Groschen in der Tasche. Zwei Tage später stahl ihm ein „Freund" 19.000 Schilling.

Der Dieb, eine Häfenbekanntschaft, hatte Meyer beim Ausmalen seiner kleinen Wohnung geholfen. Meyer, mit schwarzem Humor: „Ja ja, mit Häfenbrüdern soll man sich halt nix anfangen . . ."

Jetzt arbeitet er brav als Auspacker in einem Supermarkt, geht am Wochenende wandern und studiert abends die Rechtslage. Vergangene Woche hat er den Wiener Rechtsanwalt Dr. Alfred Boran beauftragt, die Wiederaufnahme seines Verfahrens einzuleiten. „Ich geb' nicht auf!", sagt er immer wieder.

☆

Und?, fragen mich jetzt alle, war er's oder war er's nicht?

Nein, sage ich dann, er war's nicht.

Justizanstalt Mittersteig
1060 Wien, Mittersteig 25
Tel. 54 15 91 - 05

Zahl: GV Nr. 42/83

Entlassungsbestätigung

Es wird bestätigt, daß der Strafgefangene MEYER Ernst
geboren am: 24-01-1931 in NÜZIDERS, Vlbg.
Staatsangehörigkeit: Österr.
die mit Urteil 1.) des Landes Gerichtes in INNSBRUCK
vom 29-10- 19 54 GZ 5 Vr 832/54, Hv
wegen Verbrechen nach § (§) 134, 128, 129 I[illegible]
über ihn verhängte XXXXXXXXXX
XXXXXXXX: lebenslange Freiheitsstrafe
von 29-10-1954 bis 24-01-1978
in StVA GARSTEN
von 24-01-1978 bis 05-10-1983
in StVA STEIN
von 05-10-1983 bis 14-04-1986
in Justizanstalt MITTERSTEIG

chuldlos?

FOTO: CLARISSA

Marlene Kilga

Die Chimäre der Schattenburg. Ein Feldkirch-Krimi

Man sagt, die Burg auf dem Felsvorsprung über der Stadt Feldkirch sei schon da gewesen, bevor es Menschen in dieser Gegend gegeben habe. Eines Tages seien Schutzsuchende gekommen, die in der Burg ein sicheres Versteck fanden. Doch mit ihnen war ein Geheimnis in die Burg gekommen. Ein Kind wurde geboren, wie es die Welt noch nicht gesehen hatte: ein Unwesen, halb Mensch, halb Tier.
Man sagt, es sei ein Tunnel unter dem Verlies der Schattenburg gegraben worden, dort ruhen die Gebeine der Chimäre der Schattenburg. Wer die Überreste des Wesens findet, sagt man, und sie berühre, der habe für immer das Mal des Teufels an seinen Händen kleben.

Somit wären alle gewarnt gewesen bis in die heutige Zeit, doch Martha Kellers entfernte Verwandte, Frau Dr. Christiane Thorman, wollte nicht hören. Die Medizinerin und Genforscherin wird erschlagen und mit in die Handflächen geritzten Pentagrammen im ehemaligen Burgverlies gefunden. Doch nicht nur das: Inspektor Finster und seine Kollegin Fleur Günther ermitteln und begegnen in Feldkirch seltsamen Menschen, deren Augen vermuten lassen, dass es sich bei der Chimäre der Schattenburg nicht nur um eine Legende handelt.

ISBN 978-3-903240-01-8 | edition v | EUR 22,00

Fragment eines Zeitungsberichts über den Mord an Willi Doldinger, das die Mutter aufbewahrt und später an eine ihrer Töchter weitergegeben hat. Das Fragment ist mittlerweile verschollen.